日知文丛

登高明望四海

王子今　著

浙江古籍出版社

图书在版编目（CIP）数据

登高明望四海 / 王子今著 . -- 杭州 : 浙江古籍出版社，2022.8

（日知文丛）

ISBN 978-7-5540-2318-1

Ⅰ . ①登… Ⅱ . ①王… Ⅲ . ①中国文学—当代文学—作品综合集 Ⅳ . ① I217.2

中国版本图书馆 CIP 数据核字（2022）第 124101 号

日知文丛

登高明望四海

王子今　著

出版发行　浙江古籍出版社

（杭州体育场路 347 号　电话：0571-85068292）

网　　址　https：//zjgj.zjcbcm.com

责任编辑　伍姬颖

文字编辑　屈钰明　吴宇琦

封面设计　吴思璐

责任校对　吴颖胤

责任印务　楼浩凯

照　　排　浙江时代出版服务有限公司

印　　刷　浙江海虹彩色印务有限公司

开　　本　889mm × 1194mm　1/32

印　　张　6.625

字　　数　140 千字

版　　次　2022 年 8 月第 1 版

印　　次　2022 年 8 月第 1 次印刷

书　　号　ISBN 978-7-5540-2318-1

定　　价　45.00 元

登高明望四海（代前言）

曾经在宋明诗文中读到“登高明”语，如宋人杨亿《豫章东湖涵虚阁记》：“可以登高明而逃暑。”（《江西通志》卷一二三）孔武仲《信州学记》：“去湫隘而即亢爽，脱卑暗而登高明。”（《清江三孔集》卷一四）明人杨基《零陵感春》：“舟行苦淫雨，雨晴身亦轻。畅如辞喧卑，振衣登高明。”原以为“登高明”一语出现较晚，然而看到新疆罗布泊地区出土汉代锦绣图案中“登高明望四海”的文字，可知这一说法起源甚早。

《礼记·月令》写道：“（仲夏之月）可以居高明，可以远眺望，可以升山陵，可以处台榭。”郑玄解释说：“高明，谓楼观也。”这一说法或许只是狭义的理解。《日讲礼记解义》卷一八说：“山陵、台榭，皆高明之所。升焉、处焉，顺阳气之在上也。”以这样的认识解释“高明”，似较郑说“楼观”为长。也许“登高明”和“居高明”中“高明”的涵义略有差异，但是文句中升陟高敞之处的意思至少是接近的。

汉锦文字“登高明望四海”，曾经以为或许可以读作“登高，明望四海”，参考上引文献中所见“登高明”“居高明”字样，现在看来，似以读作“登高明，望四海”为宜。

“登高明”不仅为了逃避暑气，又可以去离“湫隘”，告别“喧卑”，超脱“卑暗”。宋儒又有“居高明，远浊秽”的解说（王与之《周礼订义》卷九），也有将“高明”与“迷暗”对举者

（《近思录》卷一四）。如果从文化象征的角度理解，从“登高明”三个字中，其实可以体味到一种追求精神升华以接近“亢爽”境界的愿望。

鲁迅在回顾中国古代历史文化时曾经写道：“遥想汉人多少闳放”，“毫不拘忌”，“魄力究竟雄大”。这位虽不专门治史却对历史有透彻理解的思想家评价中国传统文化时往往多有悲凉感慨，然而他对于西汉时期民族精神之所谓“豁达闳大之风”的深情赞赏，却以积极肯定的态度，给人们留下了深刻印象。他总结当时人的历史创造时说，“要进步或不退步，总须时时自出新裁，至少也必取材异域”（《坟·看镜有感》）。古丝绸之路上发现的汉锦织文“登高明望四海”，正反映了这一时期汉文化面对世界的雄阔的胸襟，而积极进取的意向，也得到生动鲜明的体现。

“登高明望四海”表现出的立高怀远的文化精神，是汉代文明繁荣的主要表现之一，也是中国文化史历程中我们至今可以引以为自豪的闪光点。

中国文化源远流长。在历史演进的长河中，有曲折的峡路，也有江波平阔之处。回顾文化史，应当关注我们民族文化取得辉煌创获的历史阶段。这些阶段，都是中国历史上的英雄时代。我们今天常常说要为中华文明的伟大复兴而努力，那么，这种关注无疑是必须的。而探索当时我们民族精神所以高昂激进的历史原因，也应当注意到“登高明望四海”作为一种文化态度，作为一种文化倾向，作为一种文化立场的意义。

就史学研究而言，“登高明望四海”也可借以指代一种值得肯定的学术精神，即站立在较高的学术基点上，迎受八面来风，而时刻保持着自信之心和自强之志。数年前，有青年学者在《光明日报》发表题为《当代中国历史科学的制高点》的文章，实际上提出了在史学学术方面“登高明”的倡议。而如果在这一立足点上做到“望四海”，即进而注目当代世界历史科学的制高点，对于今天读史和治史的青年学人，或许也是有积极意义的建议。

目 录

登高明望四海（代前言）/ 1

江河之间：秦文化崛起的基地 / 1

里耶发现：秦史认识的新视窗 / 5

面对海洋的秦始皇帝 / 11

再议“焚坑” / 24

秦始皇陵的“机械之变” / 35

文化史视角的秦直道考察 / 39

汉代政论家的商鞅批判 / 45

史家的“童心” / 52

“天人之际”与“古今之变” / 59

汉武帝及其“轮台诏” / 62

《汉书》及其著作人 / 66

走近秦汉“小儿” / 71

合浦的海气珠光 / 79

汉代图书收藏与图书流通 / 94

汉朝留给我们什么 / 98

汉代的“达人” / 112

汉代官员的“私书” / 121

吏与秦汉基层社会秩序 / 127

秦汉文物研究的学术向导：读孙机《仰观集》 / 134

关于《始皇帝的遗产》 / 136

关于汉代的“谣言”：汉代民间舆论史与民间舆论传播史 / 140

窃书剿说大不德 / 153

吕蒙读史 / 163

唐诗“苏武”咏唱 / 170

秦汉海洋文化研究 / 188

后　记 / 194

江河之间：秦文化崛起的基地

春秋时期崛起，战国时期称雄的大国都在与中原文化早期发育重心有一定距离的边缘地带获得发展机会，形成了当时较为先进的各具特色的文化。对于这些原先处于边缘地位的政治实体迅速强盛的形势，《荀子·王霸》的说法是“虽在僻陋之国，威动天下”，“皆僻陋之国也，威动天下，强殆中国”。《史记》卷四《周本纪》说东周形势：“周室衰微，诸侯强并弱，齐、楚、秦、晋始大，政由方伯。”《史记》卷三二《齐太公世家》也说：“是时周室微，唯齐、楚、秦、晋为强。”《史记》卷一一〇《匈奴列传》：“当是之时，秦、晋为强国。”秦崛起于西北，后来逐步富强，竟击灭六国，实现统一。秦政对中国历史文化有长久的影响，是人们熟知的事实。考察秦人早期活动的足迹，有益于理解秦文化的原始基因与历史走向。对秦早期历史，王国维、蒙文通、郭沫若、卫聚贤、翦伯赞等学者，很早就进行过认真的探究。而相关遗存得以科学发掘、切实研究和综合说明，因近年考古学的突出进步获得了条件。

甘肃省文物考古研究所、中国国家博物馆、北京大学考古文博学院、陕西省考古研究院、西北大学文化遗产学院联合进行的秦早期文化遗存的考古调查和考古发掘，取得了重要的成果。这是此前未曾有过的协同合作方式，成就了考古学史上占据重要地位的成功经验。近年历史学、历史地理学、民族学的综合探索，也有值得肯定的成绩。如西北大学史党社著《日出西山——秦人历史新探》（陕西人民出版社 2013 年 5 月），西北师范大学陶兴华著《秦早期文明追迹》（甘肃教育出版社 2016 年 10 月），天水师范学院雍际春著《秦早期历史研究》（中国社会科学出版社 2017 年 8 月）等论作，对于“秦人”“秦族”“秦夷”“秦文化”的历史渊源进行了探究，特别注重考古学收获与文献记载的结合，研究各有推进，实际上形成了另一种形式的协同合作。

雍际春《秦早期历史研究》总结了“传统的东来说与西来说”以及“新东来说与西来说”，论证嬴秦为华族而非戎族。对于秦人先祖“女脩”“大业”“伯益”的传说与事迹有所考论，就夏商时代的嬴秦历史以及嬴秦西迁路线等也有新的分析。《秦早期历史研究》关于秦早期文化遗存主要分布于天水“渭河及其支流和西汉水上游一带”的区域环境和考古发现，进行了注重环境因素与地理条件的论说。作者称这一空间为“天水‘两河流域’”。

渭水是黄河的最大的支流。西汉水如论者所说，是“属于长江水系的嘉陵江上源”（160 页）。正是在这里，秦文化得以孕生、发育。秦人在这里休养生息，积蓄力量。他们在长江流域和黄河流域之间，找寻适宜的发展空间，创造崛起的历史机会，择定正确的进取路径。高天厚土，大江长河。秦岭陇山之间的高地，成为承举秦文化崛起的最初的文化台基。

有的学者根据清华大学藏战国简牍《楚居》的文字，推定楚人曾经在关中活动，后来进入丹江流域，转向江汉平原发展

（周宏伟：《楚人源于关中平原新证——以清华简〈楚居〉相关地名为中心》，《中国历史地理论丛》2012 年 2 期）。如果这一判断能够成立，则楚人先祖也曾经在黄河流域与长江流域之间徘徊，进行过生存地域的选择。而通过《楚居》的内容确实可以发现楚文化早期发生的地理环境和丹江交通条件形成的关系。楚人曾经进一步涉足秦岭北麓是可能的。我们注意到，秦岭以南的汉水及其重要支流的上游地方发生了两支文化，一即西汉水流域的早期秦文化，一即丹江流域的早期楚文化。这两种文化后来有不同的走向。但是起初相对中原文化中心区都是边缘化地方，而后则由弱而强。秦文化拓展到秦岭以北，利用良好的历史契机，入据关中平原，又逐渐向东进取。楚文化则由丹江通道南进江汉平原。这两支强劲的文化势力后来又都以中原为目标。正如李学勤先生曾经指出的："楚文化的扩展，是东周时代的一件大事。""说楚文化影响所及达到半个中国，并非夸张之词。""随之而来的，是秦文化的传布。秦兼并列国，建立统一的新王朝，使秦文化成为后来辉煌的汉代文化的基础。"（李学勤：《东周与秦代文明》，上海人民出版社 2007 年 11 月版，第 11 页）西汉水流域的早期秦文化和丹江流域的早期楚文化都与秦岭以南的汉水及其重要支流上游地方的开发有关，是值得重视的历史文化地理和历史交通地理现象。说到这里，我们又不能不联想到后来刘邦在汉中成功建国的政治实践。

以雍际春所谓"天水'两河流域'"为舞台，在汉文化走向成熟之后还曾经有生动的表演。汉光武帝刘秀信用的主要干部马援就曾经"转游陇汉间"，他的名言"丈夫为志，穷当益坚，老当益壮”就在这里发表（《后汉书》卷二四《马援传》）。东汉名儒马融也曾经“逡巡陇汉之间”（《后汉书》卷六〇上《马融传》）。刘秀自称“既平陇，复望蜀”即成语“得陇望蜀”之由来。其战略计划的设定，应当是考虑到“陇”“蜀”之间的军事交通条件的。“陇汉间”“陇汉之间”似乎容易被理解为陇西、汉阳之间。然而可能性更大的是，“陇汉间”“陇汉之间”指陇山与汉水之间，或陇水与汉水之间。有迹象表明，“陇汉间”“陇汉之间”所指代地域是超越陇西、汉阳之间地方的。《周书》卷四九《异域传上·氐》说氐人活动：“其种落分散，叛服不恒，陇、汉之间，屡被其害。”此所谓“陇、汉之间”，是包括武都郡、仇池国的，也可以说就是秦人早期活动的大致区域。雍际春所谓“天水‘两河流域’”，正是“陇汉间”“陇汉之间”的重心地区。

雍际春曾出版《天水放马滩木板地图研究》《嬴秦故园：天水秦文化寻踪》等学术专著。这本《秦早期历史研究》的面世，将推进秦史与秦文化的研究，也有益于天水历史文化考察的深入，我们因此应当表示祝贺。

里耶发现：秦史认识的新视窗

湖南省龙山县里耶古城发现的秦简牍，因数量之丰富与内涵之精彩，受到海内外学界的普遍关注。随着整理和研究工作的深入，这批出土文献的历史文化价值越来越受到重视。应当承认，里耶秦简的发现，形成了秦史研究学术进步的新的契机。

秦史的特殊意义和典型意义以秦统一作为重要表现形式。李贽曾说："始皇出世，李斯相之，天崩地坼，掀翻一个世界。"（《史纲评要》卷四，中华书局 1974 年 11 月版，第 91 页）赵翼亦赞叹"秦汉间为天地一大变局"，自战国秦至秦代的历史变化已经显现出"天意已另换新局"（《廿二史札记》卷二，中华书局 1984 年 1 月版，第 36 页—第 37 页）的明著迹象。回顾中国史学史的历程可以发现，秦史虽然短暂，却是最受历代史学家和文化学者重视的时段之一。自汉初开始，人们总结秦短促而亡的教训，有许多史论和政论发表。歌诗曲赋、笔记小说、戏剧俚谣，也往往多以秦史为主题。不过，人们认识和理解秦史，多依据西汉人的历史记述和政治批判。基本史籍有"其文略不具"（《史记》卷一五《六国年表》）的缺憾，汉人回顾性评议，则不免夸张偏执处。秦的金石文字可以证实并补益史书记录，已成为学界共识。可惜往往由于政治宣传形式的缘故，包容文化信息有限。而 20 世纪 70 年代以后几次秦简牍的集中出土，使得对秦史的全面真切的考察获得了全新的条件。李学勤先生在《东周与秦代文明》一书中曾经指出："简牍所提供的史料特别丰富，尤其是律文，反映了当时的社会政治情况，异常宝贵。这方面的研究，目前仍处于开创阶段，还有待于更深入的研究。"（上海人民出版社2007年11月版，第269页）秦简牍发现，除"律文"外，文告、簿籍、符券、病方、信函、日书、祠祝书、道里书、算数书、占梦书、地图、木板画，甚至文学遗存等，提供了从极宽广幅面反映当时社会面貌的丰富资料。里耶秦简的内容就是多方面的。里耶秦简的整理与研究，已经体现出秦简牍的"更深入的研究"，自然也为今后在新的学术基点上的进一步的"更深入的研究"准备了资料条件和学术参照比对条件。

秦征服楚地较晚，但是我们看到，记录秦史与秦文化重要信息的秦简牍，多集中发现于作为楚文化生成与发育主要空间条件的长江流域。

秦人崛起于西北，然而起初的生存基地却是在属于长江流域的西汉水上游。甘肃省文物考古研究所、中国国家博物馆、北京大学考古文博学院、陕西省考古研究院、西北大学文化遗产学院在甘肃礼县等地考古调查和发掘取得的收获，告知我们秦文化的创造者当年站立在作为黄河流域和长江流域分水岭的秦岭西段，于高崖之上，密林之中，进行了怎样的历史抉择。秦人选定沿渭水向东发展的路径，自有早先西迁的历史记忆在起作用，而关中西周文明的诱惑应是主要因素。据有黄土地带厚沃的土壤条件和水资源，又继承了自石器时代以来的文化积累，秦人以"饮马于河"为志向（《史记》卷五《秦本纪》，卷二八《封禅书》），并进而意在"奋扬武德"，"阐并天下”（《史记》卷六《秦始皇本纪》载之罘刻石），“存定四极”（《史记》卷六《秦始皇本纪》载琅邪刻石）。然而，秦人并没有忽略对长江流域的战略关注。在秦史的关键阶段，即秦孝公与商鞅合作推行变法的时代，力主改革的政治家兼军事家商鞅的封地即确定在丹江流域的商邑，开始了与从另一个方向同样曾经力争“饮马于河”（《史记》卷三九《晋世家》）的楚人的直接争夺。秦惠文王时兼并巴蜀，宣告秦人因对长江上游重要区域的占有，已经显示出“追亡逐北”，“宰割天下”的战略优势（《史记》卷六《秦始皇本纪》引贾谊《过秦论》）。这时，秦国的执政者已经开始积累对草原、荒漠、黄土高原、黄河中游平原与长江流域河网地区不同生态条件的游牧区、农牧兼营区、粟麦作区与稻作区的经济领导和行政管理经验。除秦国外，没有一个东方强国具有对如此广袤国土和复杂经济形式的管理体验。这可以看作对“大一统”国家行政控制的一种预演。后来秦灭楚战争的艰苦和残酷众所周知。而此后平服南越的远征，进一步使秦统一的规模突破了后人或称之为“六王毕，四海一”（〔唐〕杜牧《阿房宫赋》，《樊川集》卷一），“六王失国四海归”（〔宋〕莫济《次韵梁尉秦碑》，《宋诗纪事》卷四七）的格局。

秦实现统一，标志中国历史进程转入新的阶段。秦王朝的统治虽然短暂，其历史影响却十分深远。正如李学勤先生所说，秦的统一，“是中国文化史上的重要转折点”，“而不久建立的汉朝，其辉煌的文明所造成的影响，范围绝不限于亚洲东部，我们只有从世界史的高度才能估价它的意义和价值”。（《东周与秦代文明》，上海人民出版社 2007 年 11 月版，第 294 页）

秦的政治发明，管理“西涉流沙，南尽北户；东有东海，北过大夏”版图规模（《史记》卷六《秦始皇本纪》载琅邪刻石）的皇帝制度，官僚制度，郡县制度，影响中国历史两千多年。

秦始皇统一之后第一次东巡，自海滨西返，曾经行历湘江流域，即距离里耶秦城并不遥远的地方。《史记》卷六《秦始皇本纪》记载：

> 西南渡淮水，之衡山、南郡。浮江，至湘山祠。逢大风，几不得渡。上问博士曰：“湘君何神？”博士对曰：“闻之，尧女，舜之妻，而葬此。”于是始皇大怒，使刑徒三千人皆伐湘山树，赭其山。上自南郡由武关归。

“湘山祠”，张守节《正义》：“《括地志》云：‘黄陵庙在岳州湘阴县北五十七里，舜二妃之神。二妃冢在湘阴北一百六十里青草山上。盛弘之《荆州记》云青草湖南有青草山，湖因山名焉。《列女传》云舜陟方，死于苍梧。二妃死于江湘之间，因葬焉。’按：湘山者，乃青草山。山近湘水，庙在山南，故言湘山祠。”关于“尧女，舜之妻，而葬此”，司马贞《索隐》：“《列女传》亦以湘君为尧女。按：《楚辞·九歌》有湘君、湘夫人。夫人是尧女，则湘君当是舜。今此文以湘君为尧女，是总而言之。”秦始皇因“大风”阻渡与“湘君”尧女舜妻的传说而“大怒”，以致调用三千刑徒“皆伐湘山树，赭其山”，与东巡齐地“封禅望祭山川”，礼祀八神，对齐人信仰传统予以充分尊重明显不同。进行相关心理分析，也许是有必要的。

“《列女传》云舜陟方，死于苍梧”，而里耶秦简“苍梧为郡”简文（8–755~8–758+8–759），使我们就文化空间距离有所思索。

历代关心秦史的人们都熟悉秦始皇“皆伐湘山树，赭其山”的故事，但是没有人会想到，距离秦始皇行迹并不远的湘西山地里耶秦城，竟然会出土遗存如此之集中、品质如此之精美、内容如此之重要的秦代简牍。没有人会想到，在正史中从来没有记录的里耶，在重山曲水之间，当时曾经有高效能的行政机器在积极运作。通过里耶秦简的内容可以看到，远在西北的秦帝国中央政权通过完备的交通系统，将军政体制、司法规范、赋役政策、礼俗传统一一落实到了边远山地的社会基层。

如果从交通史的视角考察，要理解秦时迁陵地方水运条件的意义，或许有必要注意巴寡妇清的事迹。《史记》卷一二九《货殖列传》记载：“秦始皇帝令倮比封君，以时与列臣朝请。而巴寡妇清，其先得丹穴，而擅其利数世，家亦不訾。清，寡妇也，能守其业，用财自卫，不见侵犯。秦皇帝以为贞妇而客之，为筑女怀清台。夫倮鄙人牧长，清穷乡寡妇，礼抗万乘，名显天下，岂非以富邪？”裴骃《集解》：“徐广曰：‘涪陵出丹。’”张守节《正义》：“《括地志》云：‘寡妇清台山俗名贞女山，在涪州永安县东北七十里也。’”巴寡妇清家族以“丹穴”“擅其利”的开采经验与“涪陵出丹”的矿业学知识，与现今中国汞矿资源最集中的区域分布恰好在重庆南部、湘西北与黔东北是一致的。由这一思路进行深入探索，或许也有益于理解里耶交通条件和行政建设的完备。

里耶秦简就已经揭示的内容看，涉及相当宽广的文化层面，反映了非常复杂的行政方式，当时的经济关系和社会结构，也都从不同侧面有所透露。我们认为，里耶古井中的精彩发现，可以看作透视秦史的一扇新的视窗。

曾为里耶秦简博物馆南门代拟楹联，谨附录于此，作为这篇短文的结尾：

迁陵古井椠竹识废替，酉水秦舟载覆纪春秋。

面对海洋的秦始皇帝

李白《古风三十二首》有肯定秦始皇的辞句："秦皇扫六合，虎视何雄哉。挥剑决浮云，诸侯尽西来。明断自天启，大略驾群才。"下文说到秦始皇东巡海上故事："铭功会稽岭，骋望琅邪台。"他在海上亲自射巨鱼及派遣方士远航寻求蓬莱等三神山的行为，也成为诗人歌咏对象："连弩射海鱼，长鲸正崔嵬。额鼻象五岳，扬波喷云雷。鬐鬣蔽青天，何由睹蓬莱。徐市载秦女，楼船几时回。"秦始皇成就一统功业，在击灭六国的基础上于北河和南海两个方向又有所扩张。而统一文字、统一货币、统一度量衡及"治驰道"，完成沟通全国的交通网的建设，都对历史进程有重要影响。秦始皇创立的皇帝制度、官僚制度、郡县制度，可以称作影响长久的政治发明。其专制暴虐，"法令繁剧，军期严迫"（〔明〕张萱《疑耀》卷三）等，亦贻害甚大。如谭嗣同所说："二千年之政，秦政也，皆大盗也。"（《仁学》）

李贽称秦始皇"千古一帝"。回顾这位政治人物的历史表现，不能忽略他对海洋的特殊关注。在人们对海洋问题予以普遍关心的今天，海疆问题、海权问题、海洋航线安全问题、海洋资源开发问题、海洋生态保护问题成为关注热点。在新的海洋观的认识基点上，回顾中国古代海洋探索、海洋开发与海洋学进步的历史，分析秦始皇面对海洋的表现，可能是有益的。

1. “东游海上”，“议功德于海上”

在秦军东进的兼并战争中，秦王政曾经三次出巡，至洛阳，至邯郸，至郢陈，都有前敌指挥或抚慰远征将士的意义。统一实现之后，他以“始皇帝”身份五次出巡，则有“临察四方”，“存定四极”（《琅邪刻石》，《史记》卷六《秦始皇本纪》）的意义。其中自秦始皇二十八年（前219）至秦始皇三十七年（前210）十年间四次行临海滨。此后二千年的帝制时代中，只有汉武帝超越了这一记录。而汉武帝较秦始皇多有20岁年寿，是他得以在巡行东海的频次方面超过秦始皇的条件。

《史记》卷六《秦始皇本纪》记载，秦始皇“东抚东土，以省卒士”，“事已大毕，乃临于海”。《史记》卷二八《封禅书》也说，秦始皇“东游海上，行礼祠名山大川及八神”。“八神”即“八主”，是齐人传统祀所。其多数在滨海地方。秦始皇行礼祀“八神”，体现出对海滨地方神学体系与信仰世界的尊重。

齐人较早即重视海洋资源的开发。太公时代，齐国就“通商工之业，便鱼盐之利”。齐桓公称霸，有“设轻重鱼盐之利”的经济条件（《史记》卷三二《齐太公世家》）。《管子·海王》提出成就“海王之国”的理想。于是“齐国之鱼盐”（《国语·鲁语下》）称颂一时，“致鱼盐之海”（《史记》卷六九《苏秦列传》）成为齐国富强的重要因素。战国外交史可见“秦齐交合”、“合秦齐之交”（《史记》卷四〇《楚世家》），“秦齐之交合”（《史记》卷七〇《张仪列传》），“秦齐雌雄之国”（《史记》卷七五《孟尝君列传》），以及“齐秦合”（《史记》卷七〇《张仪列传》）、“齐秦之交”“齐秦之合”“齐秦合”（《史记》卷四六《田敬仲完世家》）的情形。这固然符合远交近攻战略，但是也体现出秦对齐的看重。“昭王十九年，秦称西帝，齐称东帝。”（《史记》卷七二《穰侯世家》）《史记》卷一五《六国年表》写道：“（齐）为东帝二月，复为王。”《史记》卷四六《田敬仲完世家》有“秦假东帝”的说法，说明齐“东帝”称号虽使用短暂，却体现出秦视齐为平等国度的态度。秦对齐国力的肯定，也透露出对齐海洋政策的肯定。

秦始皇巡行海滨，经历黄、腄、成山、之罘、琅邪、碣石、会稽等地方。秦始皇沿海岸行进，史称“并海”，注家以为应当读作“傍海”。《三国志》卷一《魏书·武帝纪》出现“傍海道”名号，说明这样的解说是正确的。秦驰道经营，通达“燕、齐”，“濒海之观毕至”（《汉书》卷五一《贾山传》）。辽宁、河北的考古学者在渤海西岸发现了大型秦代宫殿遗址，可以说明“并海道”的交通等级。

秦始皇二十八年（前219）来到琅邪，刻石文字出现“列侯武城侯王离、列侯通武侯王贲、伦侯建成侯赵亥、伦侯昌武侯成、伦侯武信侯冯毋择、丞相隗林、丞相王绾、卿李斯、卿王戊、五大夫赵婴、五大夫杨樛从，与议于海上”的内容。张守节《正义》：“言王离以下十人从始皇，咸与始皇议功德于海上，立石于琅邪台下，十人名字并刻颂。”所谓“与议于海上”，“议功德于海上”，实在是极特殊的议政形式。秦始皇为什么集合十数名文武权臣“与议于海上”，发表陈明国体与政体的政治宣言呢？对照《史记》卷二八《封禅书》汉武帝“宿留海上”

的记载，可以推测这里“与议于海上”，“议功德于海上”之所谓“海上”，很可能并不是指海滨，而是指海面上。“海上”，作为最高执政集团的议政地点，对于秦王朝政治原则的确立，如所谓“并一海内，以为郡县”等，或许有某种特殊的政治文化象征意义。这篇“王离以下十人从始皇，咸与始皇议功德于海上”的文字，诸臣“名字并刻颂”之前写道：“维秦王兼有天下，立名为皇帝，乃抚东土，至于琅邪”，“临于海”，到达了“东抚东土”的空间极点。

2.“琅邪”与“秦东门”

秦始皇在“初并天下”后不久，即“亲巡远方黎民”，“周览东极”。《史记》卷六《秦始皇本纪》记载：“二十八年，始皇东行郡县……乃遂上泰山，立石，封，祠祀。”上泰山之后，“并勃海以东，过黄、腄，穷成山，登之罘，立石颂秦德焉”，又“南登琅邪，大乐之，留三月。乃徙黔首三万户琅邪台下，复十二岁。作琅邪台，立石刻，颂秦德，明得意”。刻石内容明确说到“琅邪”：“维秦王兼有天下，立名为皇帝，乃抚东土，至于琅邪。”《史记》卷一五《六国年表》：“（二十八年）帝之琅邪，道南郡入。”秦始皇“南登琅邪”，心情甚好，竟然在这里停留了三个月，这是他执政以后在咸阳以外地方居留最久的记录，在出巡途中尤其异常。迁徙三万民户到琅玡在秦强制移民的行为中，是组织向东方迁徙的唯一一例。其规模，也仅次于“徙天下豪富于咸阳十二万户”。而“复十二岁”即免除移民 12 年的徭役赋税负担，也是仅见于秦史的优遇。这种特殊的行政决策，应有特殊的动机。

琅玡地位之重要，除了作为齐地“四时主”即四季神主所在而外，曾经是越国都城也是因素之一。越王勾践从会稽迁都琅邪，有经历海路的记载。而诸多迹象表明，琅邪是东海大港。《史记》卷六《秦始皇本纪》张守节《正义》引《括地志》，“吴人《外国图》云亶洲去琅邪万里”，《后汉书》卷八五《东夷传》李贤注引《外国图》，言君子国“去琅邪三万里”。都指出通往东方海上远国的航路自“琅邪”启始，已经有相关里程记录。又《汉书》卷二八上《地理志上》说秦置琅邪郡，王莽改称“填夷”，而琅邪郡属县临原，王莽改称“填夷亭”。以所谓“填夷”即“镇夷”命名“琅邪”地方，体现其联系外洋，可以威慑镇抚远岛“夷”的势力的交通地理地位。汉初王仲“琅邪不其人”“浮海东奔乐浪”（《后汉书》卷七六《循吏列传·王景》），不能排除从“琅邪”直航“乐浪”，到达朝鲜半岛北部的可能。这是距离秦始皇时代并不很远的史例。

《史记》卷六《秦始皇本纪》记载秦始皇三十五年（前212）事：“立石东海上朐界中，以为秦东门。”从秦始皇二十八年（前219）对琅邪的“特别关爱”到秦始皇三十五年（前212）“立石东海上朐界中，以为秦东门”，似乎对东方海岸线的关注视点或者焦距发生了变化。从琅邪至朐的空间移动，除了“秦东门”在咸阳正东方向之外，或许与南海置郡有关。因为“南海”形势的变化，海岸线的中点向南移动了。

3. 徐福远航与东洋航路的早期通行

“燕、齐海上方士”在战国时期即开始活跃。他们不仅以航海实践充实了中原传统的天下认识，又以“海上”经验构筑了神仙学说。

在走向统一的历程中，中原人在当时世界认识的基点上，对“海”有新的关注。《山海经》以“海内”“海外”名篇。不同思想流派的文化典籍中，“天下”语汇使用频繁，并多见以“天下”“海内”并举的语言形式。如《墨子·非攻下》言“一天下之和，总四海之内”，《荀子·不苟》：“总天下之要，治海内之众。”与秦统一时代最为接近，对秦政影响最为显著的法家名著《韩非子》中，“天下”一语出现频次最高，密度最大，亦可见以影响、占有和控制“四海之内”表现的对极端权力的向往：“明照四海之内”（《奸劫弑臣》），“富有四海之内”（《六反》），“独制四海之内”（《有度》），“海内”与“天下”作为政治地理称谓同时使用，反映当时中原居民海洋意识的初步觉醒。王绾、冯劫、李斯等议帝号时所谓“平定天下，海内为郡县”，秦始皇琅邪刻石所谓“今皇帝并一海内，以为郡县，天下和平”的说法，也都沿袭着同样的语言范式，体现了同样的政治理念。贾谊《过秦论》总结秦史时有秦始皇“鞭笞天下，威振四海”的说法，说明汉初政论家继承了这样的语言习惯，也体现出对秦始皇政治意识与政治实践中相关表现的注意。将秦始皇东巡海上的动机简单归结为长生追求，其实并不妥当。秦始皇第一次东巡来到海滨，应当尚未得知海上方士们关于三神山的学说。秦始皇东游“海上”，应当与当时社会的天下观和海内观作用于政治生活有关。琅邪刻石所谓“东抚东土”，“乃临于海”，之罘刻石所谓“巡登之罘，临照于海”，都告知人们，这位自以为“自上古以来未尝有，五帝所不及”的帝王辛苦巡行，“览省远方，逮于海隅”，是在宣示“平定天下”“并一海内”的成功。

秦始皇正是在“东游海上”的行程中，接受了方士的宣传。燕齐海上方士是参与开发环渤海地区早期航运的知识人。他们以神秘主义理念为基础的海洋探索因帝王的长生追求，获得了国家行政支持。方士们以个人富贵为目的的狡猾的政治骗术和以艰苦航行为方式的勇敢的海上探索，构成了他们文化人生的正负两面。

据《史记》卷二八《封禅书》记述，“自威、宣、燕昭使人入海求蓬莱、方丈、瀛洲”。齐威王、齐宣王、燕昭王都曾派遣方士追寻海上“三神山”，秦始皇迷信方士，追求海上神山奇药，其力度至于空前。帝王和方士的合作，竟然促成了一次规模空前的海外航行。而这次航海行为成为移民史的记录。据《史记》卷一一八《淮南衡山列传》，在听到方士转述“海神”的承诺之后，“秦皇帝大说，遣振男女三千人，资之五谷种种百工而行。徐福得平原广泽，止王不来”。《后汉书》卷八五《东夷列传》将徐福“止王不来”处于日本列岛相联系，其事系于“倭”条下。则徐福东渡，使得东洋航路开通至“所在绝远，不可往来”的地方。英国学者崔瑞德、鲁惟一编《剑桥中国秦汉史》写道：“徐一去不复返，传说他们在日本定居了下来。”（杨品泉等译，中国社会科学出版社1992年2月版，第74页）日本一些学者也确信徐福到达了日本列岛，甚至有具体登陆地点的考证，以及所谓徐福墓和徐福祠的出现。许多地方纪念徐福的组织有常年持续的活动。有的学者认为，日本文化史进程中相应时段发生的显著进步，与徐福东渡有关。

4.“南海”置郡与南洋航路的早期通行

秦始皇三十三年（前214）置桂林、象郡、南海三郡，应当完成了对岭南今两广地方的全面的行政控制。然而《史记》卷六《秦始皇本纪》在秦始皇二十六年（前221）记事内容中已言“南至北向户”，二十八年（前219）琅邪刻石有“皇帝之土……南尽北户”语，可知向岭南的拓进应当在兼并六国后随即开始。《史记》卷七三《白起王翦列传》的记载：“……平荆地为郡县。因南征百越之君，而王翦子王贲与李信破定燕齐地。秦始皇二十六年，尽并天下。”指出在“秦始皇二十六年”之前，秦军在灭楚之后，随即已经开始“南征百越之君”的军事行动。进军“南海”，是秦统一的军事主题之一。由此可知，秦统一的规模，并不限于兼并六国。所谓“六王毕，四海一”（〔唐〕杜牧《阿房宫赋》），以为秦统一只是结束了“六王”的统治，是一种对于秦统一规模的认识偏于保守的历史成见。而“四海一”如果理解为秦帝国疆域包括了面对今天“南海”的地方，则是接近历史真实的判断。

秦进军岭南，并置桂林、南海、象郡，使得秦帝国的版图在南方超越了楚国原有疆域，而中原政权控制的海岸线亦得以空前延长。这一举措对于中国海疆史、海洋资源开发史和海上交通史意义十分重要。考察西汉时期南洋航路的开通，不能忽略秦始皇时代前期之功。秦南海郡所在地方后来成为南洋航路的北端起点，是秦代海洋史研究应当关注的现象。

秦始皇三十七年（前210）出巡，“上会稽，祭大禹，望于南海，而立石刻颂秦德”。对于“望于南海”一语，或许可以理解为当时秦始皇以为“会稽”面对的海域就是“南海”。但是更有可能是他的海洋知识中已经存留了这样的信息：“南海”郡名指代的“南海”与“会稽”海域已经形成了交通航路。

顾实在《穆天子传西征讲疏》一书中写道，孙中山曾和他谈起上古东西海道交通。“先总理孙公告余曰：‘中国山东滨海之名胜，有曰琅邪者，而南洋群岛有地曰琅琊（Langa），波斯湾有地亦曰琅琊（Linga），此即东西海道交通之残迹，故三地同名也。’并手一册英文地图，一一指示余。煌煌遗言，勿能一日忘。”“琅邪”地名因航海家的活动得以移用至航线上其他地方，是可能的。考古学者在斯里兰卡发现秦半两钱，说明《汉书》卷二八下《地理志下》记述的西汉南洋航路抵达这一地区的情形，在秦代或最晚至汉初已经实现。《史记》卷一二九《货殖列传》说：“九疑、苍梧以南至儋耳者，与江南大同俗，而杨越多焉。番禺亦其一都会也，珠玑、犀、瑇瑁、果、布之凑。”在秦代以后，南海地方逐渐成为中国文化通过海路实现对外影响的强辐射带。而海外文化传入中土，这里也是首先登陆地点。从这一角度看，秦始皇南海置郡是有世界史意义的事件。

5.“梦与海神战”，“连弩射海鱼”

《史记》卷六《秦始皇本纪》记载，秦始皇三十七年（前210）最后一次出巡，曾经“并海上，北至琅邪”。方士徐市等解释“入海求神药，数岁不得”的原因在于海上航行障碍：“蓬莱药可得，然常为大鲛鱼所苦，故不得至，愿请善射与俱，见则以连弩射之。”随后又有秦始皇与“海神”以敌对方式直接接触的心理记录和行为记录：“始皇梦与海神战，如人状。问占梦，博士曰：‘水神不可见，以大鱼蛟龙为候。今上祷祠备谨，而有此恶神，当除去，而善神可致。’乃令入海者赍捕巨鱼具，而自以连弩候大鱼出射之。自琅邪北至荣成山，弗见。至之罘，见巨鱼，射杀一鱼。遂并海西。”亲自以“连弩”射海中“巨鱼”，竟然“射杀一鱼”。对照历代帝王行迹，秦始皇的这一堪称行为政治的表现，可以看作中国千古之最，也很可能是世界万国之最。

通过司马迁笔下秦始皇自以连弩射杀巨鱼的故事，我们看到秦始皇挑战“海神”的意志。

“连弩”是可以“连发”或“并射”的可以显著提升射击效率的先进兵器。汉代军事史记录中有在与匈奴作战时使用“连弩”的明确信息。“连弩”较早见于《六韬·虎韬·军用》和《墨子·备高临》，很可能已用于秦兼并战争的进攻实践。秦始皇亲自使用连弩“候大鱼出射之”，又“见巨鱼，射杀一鱼”，说明他面对海上“恶神”，不惜动用最先进的军事装备必欲除去的决心。

6. 他营造了身边的“海”

《剑桥中国秦汉史》写道，“在中华帝国的历史上，有六七位著名的君主”，“他们的事迹使其形象比实际生命更为高大，而秦始皇就是其中最早的一人”（75 页）。评价秦始皇，我们考察秦始皇历史形象的形成，应当注意到“海”的背景。

同样其事迹“使其形象比实际生命更为高大”的汉武帝，在营造建章宫时，制作了一个“海”的模型。《史记》卷二八《封禅书》记载：“其北治大池，渐台高二十余丈，命曰太液池，中有蓬莱、方丈、瀛洲、壶梁，象海中神山龟鱼之属。”有迹象表明，秦始皇可能是在宫苑设计微缩海洋的“最早的一人”。

《史记》卷六《秦始皇本纪》说，秦始皇曾经“微行咸阳”，“夜出逢盗兰池，见窘”。张守节《正义》：“《秦记》云：‘始皇都长安，引渭水为池，筑为蓬、瀛，刻石为鲸，长二百丈。’逢盗之处也。”如果所据《秦记》不误，则是在宫殿区营造“海”的模型的“最早的”记载。不过，《续汉书·郡国志一》“京兆尹长安”条关于“兰池”的内容，刘昭注补：“《三秦记》曰：‘始皇引渭水为长池，东西二百里，南北三十里，刻石为鲸鱼二百丈。’”《史记会注考证》引张守节《正义》，即写作《三秦记》。这样，这一信息的可靠性就存在疑问了。然而，《史记》卷六《秦始皇本纪》记载，“秦每破诸侯，写放其宫室，作之咸阳北阪上”。就是说，秦始皇在统一战争中每征服一个国家，都要把该国宫殿的建筑图样采集回来，在咸阳以北的塬上予以复制。据考古学者的工作收获，翻版燕国宫殿的位置，正在咸阳宫的东北方向，与燕国和秦国的方位关系是一致的。兰池宫曾经出土“兰池宫当”文字瓦当，其位置大体明确。秦的兰池宫也在咸阳宫的东北方向，正在“出土燕国形制瓦当”的秦人复制燕国宫殿建筑以南（张在明主编《中国文物地图集·陕西分册》，西安地图出版社1998年12月版，第195页，第348页）。如果说这一人工湖泊象征渤海水面，从空间格局和地理位置上考虑，也是妥当的。秦始皇巡行渤海的感觉，很可能会对秦都咸阳宫殿区建设规划的构想产生一定的影响。从姜女石石碑地秦宫遗址的位置看，这里完全被蓝色的水世界紧密拥抱。这位帝王应当也希望居住在咸阳宫室的时候，同样开窗就能够看到海景。秦封泥有“晦池之印”。“晦”可以读作“海”。秦封泥“东晦□马”、“东晦都水”，“东晦”都是“东海”的异写形式。这样说来，秦有管理“晦池”即“海池”的官职。秦封泥又可见“每池”，也应当读作“海池”。

《史记》卷六《秦始皇本纪》说到秦始皇陵地宫有“以水银为百川江河大海”的设计。又“以人鱼膏为烛，度不灭者久之”。对于“人鱼”有不同解释。按照裴骃《集解》引《异物志》的说法，这种鱼“出东海中”。按照当时的海洋学知识和海洋资源利用的经验，取用鲸鱼脂肪作为燃料的可能性是存在的。安阳殷墟出土的鲸鱼骨可以证明，中国人对于鲸类的认识不晚于殷商。涉及“鲸鱼死”的文字，见于《淮南子》的《天文》《览冥》等篇。魏殷臣《鲸鱼灯赋》写道：“横海之鱼，厥号惟鲸。”“大秦美焉，乃观乃详。写载其形，托于金灯。”“怀兰膏于胸臆，明制节之谨度。伊工巧之奇密，莫尚美于斯器。”其中“大秦”

字样，引人注目。也许秦时已经取用鲸鱼脂肪照明。秦始皇帝陵的设计，以“大海”不息的荡动与来自海产品的永久的光明，说明陵墓主人对大海的向往，至死也没有消减。

再议“焚坑”

秦始皇在实现统一之后第八年和第九年做的两件事，也就是通常所说的“焚书”和“坑儒”，标志着秦帝国的政治方向和文化原则。秦始皇不会想到，这样的决策后来会成为千古议论的话题。后人有时“焚坑”并说，如宋人朱熹所谓“焚坑之祸”（《朱子语类》卷七八），元人张九垓所谓“焚坑之厄”（《义宁县学记》，《粤西文载》卷二六），明人郑真所谓“焚坑之惨”（《荥阳外史集》卷五〇）。更为著名的自然是毛泽东《七律·读〈封建论〉呈郭老》“劝君少骂秦始皇，焚坑事业要商量”诗句。“要商量”或引作“待商量”，中央档案馆保存的铅印件作“要商量”。

1.“烟燎之毒”：中国文化的浩劫

《史记》卷六《秦始皇本纪》有关于“焚书”事件的明确记载。秦始皇三十四年（前213），李斯建议：“史官非《秦记》皆烧之。非博士官所职，天下敢有藏《诗》《书》、百家语者，悉诣守、尉杂烧之。有敢偶语《诗》《书》者弃市。以古非今者族。”又提出违令者和责任官员均应受到严厉惩处。《史记》卷八七《李斯列传》记录李斯上书：“诸有文学《诗》、《书》、百家语者，蠲除去之。”“所不去者，医药、卜筮、种树之书。”又记载：“始皇可其议，收去《诗》、《书》、百家之语以愚百姓，使天下无以古非今。”

对于秦“焚书”导致的先秦文献的破坏，很早就有人提出疑议。如《通志》卷七一《校雠略》载录《秦不绝儒学论》以“臣向谓”的口气言“秦人焚书而书存”，又说“诸儒穷经而经绝”。论者说，先秦就有《诗》《书》亡逸情形，“皆不因秦火”。又说：“自汉已来书籍，至于今日，百不存一二。非秦人亡之也，学者自亡之耳。”体味论者原意，在于揭示文化史进程中书籍散亡的复杂因素，但绝不是肯定“秦火”的合理。所谓“秦人焚书而书存”，一者因“博士官所职”的国家典藏，二者因民间在艰险情况下的的保护和传承。前者又经历“项籍之罪”（刘大櫆《焚书辨》），“项羽之火”（刘师培《六经残于秦火考》，《左庵集》卷三）。后者不能避免传授过程中由不同立场和不同视角出发对早期经典的修正和扭曲。

秦始皇事后回顾“焚书”事，言“吾前收天下书不中用者尽去之”（《史记》卷六《秦始皇本纪》）。称“焚书”对象为“天下书不中用者”。医药、卜筮、种树之书等实用之学的积累确实得以保存，又有学者指出兵学知识仍然在民间普及，如袁宏道《经下邳》诗所谓“枉把六经灰火底，桥边犹有未烧书”（《明诗综》卷六二）。也有人据“夜半桥边呼孺子，人间犹有未烧书”咏张良事迹诗，论“兵家言原在‘不燔’之列”（陈恭尹《读〈秦纪〉》）。尽管秦文化重视实用的风格使得许多技术层面的知识得以存留，但是以理论为主题的体现较高思辨等级的文化遗产遭遇“秦火”造成的中国文化的劫难，是不可否认的历史真实。虽然“民间《诗》《书》，未必能家摧而户烧之，燔余烬遗，往往或有”（刘师培《六经残于秦火考》，《左庵集》卷三），我们却不能在回顾文化史时，轻易宽恕毁灭文明成就的文化专制主义的罪恶。

王充《论衡·书解》说：“秦虽无道，不燔诸子，诸子尺书，文篇具在，可观读以正说，可采掇以示后人。”赵岐《孟子章句题辞》也说秦不焚诸子。《文心雕龙·诸子》：“烟燎之毒，不及诸子。”陈恭尹《读〈秦纪〉》有“百家杂碎，初未从火”的说法。然而《史记》卷六《秦始皇本纪》和《史记》卷八七《李斯列传》都明确说焚书对象是包括“百家语”的。也许“蠲除去之”的严厉程度，“百家语”不及《诗》、《书》。但是对于这一问题，显然还有进一步考察的必要。

近来有人说，“焚书坑儒”是一场旷日持久的弥天大谎，“焚书”实为秦始皇“课改”，秦始皇焚书只是国家进行了一场教学课本改革，收焚了“天下”所藏之“《诗》《书》《百家语》”这些过时的不适用的教学课本。在这样的说法引起的热议中，我们已经看到比较清醒的立足科学求实精神的认识。有的学者强调，对于历史的解读，应当有严谨的学术研究的基础。应当指出，中国古代教育史的常识告诉我们，秦代还没有国家全面控制教育的制度，也没有定型的统一的“教学课本”。所谓“课改”，所谓“教学课本改革”，都是没有根据的，并不符合当时文化教育形式的实际。我们以为，历史研究的最重要的前提，是对历史客观存在的尊重。探求历史真实，应当基于诚恳之心。科学学术工作，必须与哗众取宠以炒作获取虚名的心理划清界限。一味地追求历史认识的立异翻新，也许是不可取的。

明代思想家李贽在《史纲评要》卷四《后秦纪》中曾经这样评论李斯关于焚书的上书：“大是英雄之言，然下手太毒矣。当战国横议之后，势必至此。自是儒生千古一劫，埋怨不得李丞相、秦始皇也。”朱彝尊《秦始皇论》也说：“于其际也，当周之衰，圣王不作，处士横议，孟氏以为邪说诬民，近于禽兽。更数十年历秦，必有甚于孟氏所见者。……特以为《诗》《书》不燔，则百家有所附会，而儒生之纷纶不止，势使法不能出于一。其忿然焚之不顾者，惧黔首之议其法也。彼始皇之初心，岂若是其忍哉！盖其所重者法，激而治之，甘为众恶之所归而不悔也。”对于秦始皇“焚书”之背景、动机和直接出发点的探索，还可以进行深入的讨论。但是基本史实的认定，应当是研究的基点。

2.“坑儒”辨疑

关于秦始皇“坑儒”的记载，见于《史记》卷六《秦始皇本纪》。秦始皇得知侯生、卢生出逃，“乃大怒曰：‘吾前收天下书不中用者尽去之。悉召文学方术士甚众，欲以兴太平，方士欲练以求奇药。今闻韩众去不报，徐市等费以巨万计，终不得药，徒奸利相告日闻。卢生等吾尊赐之甚厚，今乃诽谤我，以重吾不德也。诸生在咸阳者，吾使人廉问，或为妖言以乱黔首。’”于是，“使御史悉案问诸生，诸生传相告引，乃自除犯禁者四百六十余人，皆坑之咸阳，使天下知之，以惩后”。近年多有学者著文否认秦始皇“坑儒”事。主要论点，以为所坑杀的对象是“术士”而非“儒生”。

人们可能首先会提出这样的问题：难道“术士”就较“儒生”低贱，就可以随意屠杀吗？而且，秦始皇坑杀对象究竟能否排除儒生，依然是需要澄清的问题。

就“坑儒”一事，其实很早就有人提出异见。《通志》载《秦不绝儒学论》说：“秦时未尝废儒，而始皇所坑者，盖一时议论不合者耳。”提出此说的依据，是秦末仍可看到儒生和儒学的活跃：“陆贾，秦之巨儒也。郦食其，秦之儒生也。叔孙通，秦时以文学召，待诏博士，数岁，陈胜起，二世召博士诸儒生三十余而问其故，皆引《春秋》之义以对。是则秦时未尝不用儒生与经学也。况叔孙通降汉时，自有弟子百余人，齐鲁之风亦未尝替。故项羽既亡之后，而鲁为守节礼义之国。”朱彝尊《秦始皇论》也说：“彼之所坑者，乱道之儒，而非圣人之徒也。”虽然历史上任何一次政治迫害运动之后，都依然会有迫害对象和迫害对象同等级者的存留。然而以儒生在历史舞台上继续表演的历史记载推定“秦不绝儒学”，“秦时未尝废儒”，仍然是有一定的说服力的。这样的说法，其实只是限定了“坑儒”的范围，并没有完全否定“坑儒”的史实。

言秦始皇“皆坑之咸阳”之“四百六十余人”使用“术士”称谓者，较早有《史记》卷一一八《淮南衡山列传》载伍被语所谓“杀术士，燔《诗》《书》”以及《汉书》卷八八《儒林传》所谓“燔《诗》《书》，杀术士”。不过，《汉书》中其他相关评论，都明确认定“坑儒”。如《汉书》卷二七下之上《五行志下之上》“燔《诗》《书》，坑儒士”，《汉书》卷二八下《地理志下》“燔书坑儒”。此后如《后汉书》卷六六《陈蕃传》“焚书坑儒”，以及《后汉书》卷五三《申屠蟠传》“坑儒烧书”，《后汉书》卷六一《左雄传》“坑儒泯典”，《魏书》卷六六《李崇传》与《北齐书》卷三六《邢邵传》“坑儒灭学”，也都是明确的表述。其实，所谓“术士”“方士”和“儒生”，文化资质有某种相通之处。正如有的学者所说：“谓所坑乃‘方技之流’，非‘吾儒中人’，盖未省‘术士’指方士亦可指儒生。”（钱锺书《管锥编》）“术士”可指“儒生”之例，有《史记》卷一一八《淮南衡山列传》载伍被语：“昔秦绝先王之道，杀术士，燔《诗》《书》，弃礼义，尚诈力”，《汉书》卷四五《伍被传》作“往者秦为无道，残贼天下，杀术士，燔《诗》《书》，灭圣迹，弃礼义”。又《汉书》卷八八《儒林传》：“至秦始皇兼天下，燔《诗》《书》，杀术士，六学从此缺矣。”分析上下文“先王之道”以及“礼义”“圣迹”“六学”诸语，理解当时语境，可以知道这里说的“术士”就是“儒生”。

《史记》卷六《秦始皇本纪》所谓“诸生传相告引，乃自除犯禁者四百六十余人，皆坑之咸阳”之“诸生”，作为社会称谓的使用，所指代的社会身份可能原本是比较模糊的。顾颉刚说：“当时儒生和方士本是同等待遇。”“（秦始皇）把养着的儒生方士都发去审问，结果，把犯禁的四百六十余人活葬在咸阳：这就是‘坑儒’的故事。”（《秦汉的方士和儒生》，上海古籍出版社1978年版，第12页）以为受害者即“儒生方士”。两种身份并说。

《论衡·语增》肯定“焚书坑儒”是历史真实，以为坑杀对象就是“儒生”，然而否定了秦始皇欲全面取缔儒学的说法：

“传语曰：秦始皇帝燔烧《诗》《书》，坑杀儒士，言燔烧《诗》《书》，灭去五经文书也；坑杀儒士者，言其皆挟经传文书之人也。烧其书，坑其人，《诗》《书》绝矣。言燔烧《诗》《书》，坑杀儒士，实也。言其欲灭《诗》《书》，故坑杀其人，非其诚，又增之也。”在史事辨析时，又完全剔除了“术士”的表现：“三十五年，诸生在咸阳者多为妖言。始皇使御史案问诸生，诸生传相告引者、自除犯禁者四百六十七人，皆坑之。”“坑儒士，起自诸生为妖言。”

我们必须重视的一则重要信息，是《史记》卷六《秦始皇本纪》在“四百六十余人皆坑之咸阳”之后记录的扶苏的表态：“始皇长子扶苏谏曰：‘天下初定，远方黔首未集，诸生皆诵法孔子，今上皆重法绳之，臣恐天下不安。唯上察之。’始皇怒，使扶苏北监蒙恬于上郡。”扶苏所谓“诸生皆诵法孔子”，明确解说了“诸生”的文化资质和文化立场。又《史记》卷六《秦始皇本纪》载李斯驳淳于越语，前说“今陛下创大业，建万世之功，固非愚儒所知”，后说“今诸生不师今而学古，以非当世，惑乱黔首”，此处“诸生”就是“儒”。《史记》中使用“诸生”称谓凡 33 例，没有一例可以明确包含“方士”身份。除前引多例外，卷二八《封禅书》“使博士诸生刺《六经》中作《王制》，谋议巡狩封禅事”，“自得宝鼎，上与公卿诸生议封禅。封禅用希旷绝，莫知其仪礼，而群儒采封禅《尚书》《周官》《王制》之望祀射牛事”。又如：“儒既已不能辨明封禅事，又牵拘于《诗》《书》古文而不能骋。上为封禅祠器示群儒，群儒或曰‘不与古同’，徐偃又曰‘太常诸生行礼不如鲁善’，周霸属图封禅事，于是上绌偃、霸，而尽罢诸儒不用。”又卷四七《孔子世家》太史公曰：“余读孔氏书，想见其为人。适鲁，观仲尼庙堂车服礼器，诸生以时习礼其家，余祗回留之不能去云。”在司马迁笔下，“诸生”称谓都明确直指“儒”“群儒”。

古代政论家很早就注意到，秦始皇坑杀的“诸生”确是“儒”的最明朗的史料依据，是扶苏“诸生皆诵法孔子”之说。不过，宋元之际有学者发表意见否定扶苏之说。萧参《希通录》：“古今相承，皆曰‘坑儒’，盖惑于扶苏之谏。”“自扶苏一言之误，使儒者蒙不韪之名。”陶宗仪《辍耕录》卷二五“论秦蜀”条有同样的说法，只是“自扶苏一言之误”作“自扶苏言之误”。“扶苏之谏”，是直接针对坑杀“诸生”的批评意见，是与历史真实时间距离和空间距离最近的判断。发表者与帝国最高决策人秦始皇有最亲近的感情，与执政中枢机关有最密切的关系。轻易指斥“扶苏一言之误”，“扶苏言之误”，恐怕是难以说服读者的。

还应当看到“焚坑”是体现出政策连续性的事件。“焚书”时已经有对违令儒生严厉惩处的手段，这就是所谓“有敢偶语《诗》《书》者弃市”和“以古非今者族”。

3.“焚坑”非“一时间事”

“焚书坑儒”是中国政治史和文化史中沉痛的记忆。《秦不绝儒学论》对于“焚书”有“一时间事”的说法。现在看来，不注意“焚坑”事的前源和后流，只是看作偶然的短暂的历史片段，可能是不正确的。

宋代曾有“世人说坑焚之祸，起于荀卿”（《朱子语类》卷一三七）的意见。明人杨慎也说到，“宋人讥荀卿云，卿之学不醇，故一传于李斯，而有坑焚之祸。”（《丹铅余录》卷一三）吕思勉说：“在《管子·法禁》、《韩非子·问辩》两篇中，早有焚书的主张。秦始皇及李斯就把他实行了。”（《吕著中国通史》，华东师范大学出版社1992年版，第347页）所说《管子·法禁》的主张，可能即“行辟而坚，言诡而辩，术非而博，顺恶而泽者，圣王之禁也”。《韩非子·问辩》中的相关内容，或许即“言行而不轨于法令者必禁”，“言当则有大利，不当则有重罪”。

我们注意到，《韩非子·和氏》说，商君建议秦孝公“燔《诗》《书》而明法令”，“孝公行之，主以尊安，国以富强”。可知早在秦孝公、商鞅时代，“焚书”作为已经“实行”的行政操作方式明确见诸文献。宋王应麟《困学纪闻》卷一〇《诸子》写道：“《韩子》曰：商君教秦孝公燔《诗》《书》而明法令。愚按《史记·商君传》不言燔《诗》《书》，盖《诗》《书》之道废，与李斯之焚之无异也。”是说商鞅和李斯坚持的文化主旨“无异”，而读《韩非子》本文，可知“燔《诗》《书》”，就是“焚书”无疑。前引《史记》卷一一八《淮南衡山列传》及《汉书》卷八八《儒林传》所谓“燔《诗》《书》”，以及《汉书》卷九九下《王莽传下》所谓“昔秦燔《诗》《书》以立私议”，都是说秦始皇“焚书”。

“焚书坑儒”形成的文化惯性，对后世政治生活依然有着长久的影响。以行政权力强化思想控制、文化控制、意识形态控制，成为帝制时代的政治文化传统。在历史上有的时代，控制和反控制矛盾的激化，可能重演秦代发生过的严酷的文化摧残和人身迫害。东汉党锢之祸发生，陈蕃上疏极谏，以当时局面直接比况秦时形势：“伏见前司隶校尉李膺、太仆杜密、太尉掾范滂等，正身无玷，死心社稷。以忠忤旨，横加考案，或禁锢闭隔，或死徙非所。杜塞天下之口，聋盲一世之人，与秦焚书坑儒，何以为异？”（《后汉书》卷六六《陈蕃传》）面对汉末黑暗政治，申屠蟠也曾经说，“昔战国之世，处士横议，列国之王，至为拥篲先驱，卒有坑儒烧书之祸，今之谓矣”，于是有“穷退”“韬伏”的选择（《后汉书》卷五三《申屠蟠传》），取另一种抵制的态度。这可以看作宋人俞德邻所谓“商皓虽寂寞，幸免坑焚悲”（《暇日饮酒辄用靖节先生韵积二十首》之四，《佩韦斋集》卷三）的翻版。明智士人对“焚坑”之祸的重复发生深心警觉，是因为这种危险确实长期存在的缘故。

有的学者是站在维护现政权的稳定的立场上总结“焚坑”教训的。如清人李光地写道，秦的政治危局，“其祸究于坑焚，则士大夫之陈列无闻而诵说亦辜矣”（《读论语札记》卷下）。“焚坑”导致的危害，如贾谊《过秦论》所说：“秦俗多忌讳之禁，忠言未卒于口而身为戮没矣。故使天下之士倾耳而听，重足而立，拑口而不言。是以三主失道，忠臣不敢谏，智士不敢谋，天下已乱，奸不上闻，岂不哀哉！”这就是所谓“雍蔽之伤国”。

唐人章碣诗：“坑灰未冷山东乱，刘项元来不读书。”（〔宋〕洪迈编：《万首唐人绝句》卷三五）元人洪希文诗：“坑焚若为防遗患，可笑秦王计也疏。”（《读秦隐士黄石公素书》，《续轩渠集》卷五）胡布诗：“刘项不识字，硕儒徒坑焚。”（《车辘辘》，〔明〕朱存理编：《珊瑚木难》卷八）清人田雯诗：“坑焚渗漏笑强秦，刘氏功凭马上臣。”（《读陆贾传》，《古欢堂集》卷一四）都指出“焚坑”手段不能在社会危局严重的情况下成功维护稳定，保存旧制。这些咏史怀古诗作中体现的对“焚坑”的思考，也可以说明这一历史现象长久的文化影响。

秦始皇陵的“机械之变”

关于秦始皇陵的结构以及秦始皇入葬时的情形，《史记》卷六《秦始皇本纪》有这样的历史记录：

> 始皇初即位，穿治郦山，及并天下，天下徒送诣七十余万人，穿三泉，下铜而致椁，宫观百官奇器珍怪徙臧满之。令匠作机弩矢，有所穿近者辄射之。以水银为百川江河大海，机相灌输，上具天文，下具地理。以人鱼膏为烛，度不灭者久之。二世曰：“先帝后宫非有子者，出焉不宜。”皆令从死，死者甚众。葬既已下，或言工匠为机，臧皆知之，臧重即泄。大事毕，已臧，闭中羡，下外羡门，尽闭工匠臧者，无复出者。

这段150余字的记述中，连续3次出现“机”字，值得我们注意：

> （1）令匠作机弩矢，有所穿近者辄射之。
>
> （2）以水银为百川江河大海，机相灌输……
>
> （3）或言工匠为机……

这里说到的“机”，从一个特殊的层面反映了秦始皇陵设计与施工的技术水准。

其中（1）“机弩矢”，《水经注》卷一九《渭水》写道：“令匠作机弩，有所穿近，辄射之。”这里所谓“机弩矢”或“机弩”，其具体形制已经不得而知。有学者推想，秦始皇陵兵马俑坑出土的弩弓，都是性能良好的“劲弩”。如果把装上矢的弩机相互连接，通过机发装置使之能够在一定条件下丛射或是连发，就可以实现自行警戒的目的，并且能够以极大的杀伤力完成防卫任务。“这种‘机弩矢’，实际上就是‘暗弩’。因为秦始皇陵内藏有大量珍奇宝贝，为了防盗，就在墓门内、通道口等处安置上这种触发性的武器，一旦有盗者进入墓穴，就会碰上连接弩弓扳机的绊索，遭到猛烈的射击。”（王学理：《秦始皇陵研究》，上海人民出版社 1994 年版，第 77 页）这是一种采用机械方式以防止盗掘的设计（参看王子今：《中国盗墓史——一种社会现象的文化考察》，中国广播电视出版社 2000 年 1 月版，第 50—51 页）。科学史家注意到，在公元前 3 世纪以后的历史时期，“在中国曾经很好地应用杠杆平衡的知识于（几乎是大量生产的规模）制造弩机上”。（李约瑟：《中国科学技术史》第 4 卷《物理学及相关技术》第 2 分册《机械工程》，科学出版社、上海古籍出版社 1999 年 9 月版，第 66 页）而秦始皇陵这种能够自动触发的“机弩矢”或“机弩”，应当体现了当时机械技术的顶峰。

而（2）“以水银为百川江河大海，机相灌输”，所说到的“水银”集中用于秦始皇陵地宫的情形，已经考古学者和地质学者用新的地球化学探矿方法——汞量测量技术——测定地下汞含量的结论所证实(常勇、李同:《秦始皇陵中埋藏汞的初步研究》,《考古》1983年7期)。秦人重视“水银”的生产和应用，亦由经营丹砂的女性工商业者巴寡妇清地位之特殊得以透露(王子今:《秦汉时期的女工商业主》,《中国文化研究》2004年秋季卷)。而我们在这里更为关注的，是“水银”为“机相灌输”的情形。通过现有资料，我们还不能说明“机相灌输”的原理。

（3）“工匠为机”的“机”，有可能是（1）（2）所谓“机”的概称，也有可能是另有所指。

有关秦始皇陵的历史记述中所见“机”的内容，是当时最先进的机械技术用于陵墓工程的记录。《汉书》卷三六《刘向传》说到秦始皇陵结构之华丽与精致时，也有“珍宝之藏，机械之变，棺椁之丽，宫馆之盛，不可胜原”的记述。所谓“机械之变”，应当看作对于（1）“机弩矢”、（2）“以水银为百川江河大海，机相灌输”、（3）“工匠为机”的综合表述。

《说文·木部》：“机，主发谓之‘机’。”又说：“縢，机持经者。”“杼，机持纬者。”段玉裁注因“縢”“杼”与“机”的关系，以为“则‘机’谓织具也”。然而“主发谓之‘机’”的解释，告知我们秦汉人对于“机”的最基本的特征的说明。

秦文化遗存中多有体现“工匠为机”的文物。甘肃礼县圆顶山秦贵族墓出土的仿车四轮青铜器件。器盖的开合，也由“机”的结构控制，体现出“为机”的巧思。《考工记》：“一器而工聚焉者，车为多。”《续汉书·舆服志》：“一器而群工致巧者，车最多。”《后汉书》卷七八《宦者列传·张让》说到“翻车渴乌”的发明，李贤注：“翻车，设机车以引水。”“机车”

的说法引人注目。车，显然是当时能够集中表现“工匠为机”技艺的最典型的“机械”。秦人是最早的双辕车的发明者（王子今：《秦汉交通史稿》，中共中央党校出版社 1994 年 7 月版，第 19 页）。而制作技术最为高超的青铜车辆模型，正是出土于秦始皇陵。此外，有关秦人的传说中屡见“机发”设计，也值得我们注意。自然，在所有反映秦人机械发明的文化遗存中体现出最高技术水准的，可能还是秦始皇陵的“机械之变”。

文化史视角的秦直道考察

秦王朝统治时期，是中国交通事业取得显著进步的重要的历史阶段。而秦始皇执政后期规划发起的直道工程，在中国古代交通史册上书写了极辉煌的一页。秦始皇直道以设计的战略性构想、营造的军事化实施，工程极其宏大的规模与超乎寻常的效率，可以看作秦政的纪念。对于秦直道，除了关注其交通史、工程史、行政史方面的特殊意义而外，从文化史视角考察，也可以有重要的发现。

1. 司马迁保留的文化史记忆

司马迁《史记》得到“高气绝识”（〔宋〕吕祖谦《大事记解题》卷一二）、“雄视千古”（〔宋〕黄震《黄氏日抄》卷四七）、“卓识远见”、“立意深长”（〔明〕陈子龙《史记测议序》）的赞誉。所谓“究天人之际，通古今之变”，即破除一般政治史的限定，追求在宏观文化的视野中观察历史，理解历史，说明历史。有学者指出，《史记》“纵贯上下数千年，横及各国各阶层，举凡人类全体之活动，靡不备载”（徐浩《廿五史论纲》），司马迁“是要在人类的生活经验之中而寻出若干范畴来”（李长之《司马迁之人格与风格》），《史记》避免了一般史书“不载民事”，“未睹社会之全体”的痼病，能够“大抵详察社会，精言民事”（朱希祖《中国史学通论》）。

正是由于《史记》这种“纵”“横”“全体”的文化史观察，才关注到秦直道工程，才保留了有关秦直道珍贵的历史记忆。《史记》卷六《秦始皇本纪》写道：“三十五年，除道，道九原抵云阳，堑山堙谷，直通之。”又《史记》卷一五《六国年表》：“（三十五年）为直道，道九原，通甘泉。”秦始皇去世，秘不发丧，车队经直道返回咸阳，“行从直道至咸阳，发丧。太子胡亥袭位，为二世皇帝”。《史记》卷一一〇《匈奴列传》记载：“始皇帝使蒙恬将十万之众北击胡，悉收河南地。因河为塞，筑四十四县城临河，徙適戍以充之。而通直道，自九原至云阳，因边山险堑溪谷可缮者治之，起临洮至辽东万余里。又度河据阳山北假中。”中国历史文献汗牛充栋，然而只有伟大的文化史家司马迁留下了有关秦直道的明确记载。司马迁保留的历史记忆，是有亲身行历直道的体验为基础的。《史记》卷八八《蒙恬列传》写道：“太史公曰：吾适北边，自直道归，行观蒙恬所为秦筑长城亭障，堑山堙谷，通直道，固轻百姓力矣！”尊重和珍爱“百姓力”的伟大学者基于独特历史感觉和文化立场发出的洪亮声音，合伴踏行直道的沉重脚步，形成远彻千百年的深切影响力。

如果没有司马迁对于秦直道出自极开明的文化史理念的关切、踏察与记录，后世人们对这一中国古代交通史上最伟大的道路工程可能会永远处于无知境界。

2. 秦直道规划的文化史背景

秦直道规划的直接动机应当是策应蒙恬部队在北河的军事进取，实现“河南地”与秦王朝重心地区的高效率交通。然而

“千八百里”“直通之”的设计，或许也有特殊的表现出神秘主义意味的文化理念在起作用。

我们注意到，秦直道通行的重要路径在子午岭上。而咸阳以南越过秦岭的交通干线子午道循子午谷南行，沿线有直河。“子午”快读与“直”音近。而子午方向在古人的意识中为今人不易理解的意义，通过王莽的表现可以得到认识。《汉书》卷九九上《王莽传上》记载：“（元始五年）其秋，（王）莽以皇后有子孙瑞，通子午道。”汉平帝皇后是王莽的女儿，7岁时因王莽“秉政”的权势强行“配帝”，当时平帝年仅9岁。按照汉代社会上层的婚姻制度，王莽的女儿只能“待年”才能实现正常夫妻生活。所谓“有子孙瑞”，颜师古注引张晏曰：“时年十四，始有妇人之道也。”一条道路的开通和“皇后有子孙瑞”的关系，暗示“子午”的方向，与生育、生殖相关，即有生命象征的涵义。张晏的解释是：“子，水；午，火也。水以天一为牡，火以地二为牝，故火为水妃，今通子午以协之。”颜师古说：“子，北方也。午，南方也。言通南北道相当，故谓之‘子午’耳。今京城直南山有谷通梁、汉道者，名‘子午谷’。又宜州西界，庆州东界，有山名‘子午岭’，计南北直相当。此则北山者是‘子’，南山者是‘午’，共为‘子午道’。”颜师古将子午岭与子午谷联系起来考虑，以为“共为‘子午道’”的意见，给我们有益的启示。这一认识为后世学者所承袭。如康熙《陕西通志》卷三《山川·庆阳府合水县》“子午山”条：“直南直北，随地异名。南有子午峪，北有子午岭。”又道光《鄜州志》卷一《山川》“子午岭”条写道：“子午岭。州西二百里，与终南子午谷相对。……秦直道在此。”

秦直道沿线还有另一处重要的神秘文化的存在，就是位于甘泉的“匈奴祭天处”。《史记》卷一一〇《匈奴列传》张守节《正义》：“《括地志》云：‘径路神祠在雍州云阳县西北九十里甘泉山下，本匈奴祭天处，秦夺其地。’”“匈奴祭天处”和华夏人祭黄帝处因直道彼此联系，是值得重视的文化现象。而“径路神祠”一语如果来自意译，则“径路”与“直道”义近，也是耐人寻味的。

3. 北南一线交通的文化史意义

“直道”修筑的起因，在于与匈奴的战争。正如军事学家克劳塞维茨所说，“战争是一种人类交往的行为”。（《战争论》，中国人民解放军军事科学院译，解放军出版社1964年2月版，第1卷第179页）马克思和恩格斯在回顾“奴隶制”以来的历史时也曾经指出，历史“逐渐发展”的重要因素之一，是“战争和交易这种外部交往的扩大”（《德意志意识形态》）。也以为“战争”即“外部交往”。从秦汉历史来看，与战争同时发生的民族之间的文化交往形式，还有和亲、赂遗，以及关市等。其性质也可以看作“交易”。由于直道通行条件的便利，成为这些活动的首选线路。《史记》卷二〇《建元以来侯者年表》和《史记》卷一二〇《汲郑列传》、《史记》卷一一〇《匈奴列传》都说，匈奴“绝和亲”，即与汉进入交战状态时的军事动作，就是“攻当路塞”。按照司马贞《索隐》引苏林的说法，即“直当道之塞”。《汉书》卷九四上《匈奴传上》颜师古注则称“塞之当行道处者”。所谓“路”，所谓“行道”，就道路规格和通行效率而言，无疑皆莫过于“直道”。

汉宣帝甘露二年（前 52）“呼韩邪单于款五原塞”，“朝天子于甘泉宫，汉宠以殊礼”。许多迹象表明，呼韩邪单于当时循“直道”南下。《汉书》卷九四下《匈奴传下》记载，汉元帝时，呼韩邪单于上书“言民众困乏”，汉“转谷二万斛以给焉”。此次“转谷”运输，也应通过直道。王昭君北上经行“直道”之说，林幹较早提出，得到许多学者的支持。

匈奴虽为草原民族，却受到中原消费风习的影响，所谓“好汉缯絮”（《史记》卷一一〇《匈奴列传》）即表现之一。《汉书》卷九四下《匈奴传下》说，自刘邦时代起，汉即“约结和亲，赂遗单于”。后来“增厚其赂，岁以千金”。汉王朝以“赐”的形式对于匈奴的物资输送，多有丝绸织品及成衣等。自汉宣帝甘露三年（前 51）至汉哀帝元寿二年（前 1）50 年间，多次赐匈奴“锦帛”及“絮”，数量逐次增加。仅简单累计，至于“锦绣缯帛”8 万匹，“絮”8 万斤。如此惊人的数额，是否仅仅用以满足匈奴“民众困乏”的需要？应当看到，丝绸作为一般等价物，在汉与匈奴的经济关系中发挥了作用。可以推想，匈奴得到超出实际消费需求数额的“锦绣缯帛”和“絮”，是可以通过转输交易的方式获取更大利益的。林幹曾经指出匈奴在商业交换活动中的活跃，“匈奴与羌族经常发生商业交换；对乌桓族和西域各族也发生过交换”。“（匈奴）并通过西域，间接和希腊人及其他西方各族人民发生交换”。（《匈奴通史》）理解丝绸之路交通由“直道”转“北边道”经草原通路西行的贸易方式，可以发现丝绸之路联系东西文化体系的伟大的历史作用，其实是通过中原农耕民族和草原游牧民族共同努力而实现的。而直道对于东西文化交流的积极作用，也因汉匈往来相关史迹得以突出显现。

我在《秦始皇直道考察与研究》的“后记”中写道：“2013 年 8 月秦直道考察途中曾有诗作转发好友张在明、汤惠生等，可惜未能保留。检视当时考察笔记，只寻得初稿两联‘秦皇耕战千秋业，长剑北南一线直’，‘鄜州皓月秋光净，直道古尘林色新’，深以不工自惭。值此拙著即交稿之际，又匆匆补改，草成《七律·秦始皇直道二首》如下，以为“后记”尾声：‘其一：古岭曾经驰帝车，秦皇存定四极初。意得一统各安宇，烹灭六王莫不服。直道长城谋进远，遗诏太子费踌躇。鄜州皓月秋光净，广路关山无字书。’‘其二：堙谷堑山益苦民，千八百里走飞轮。夯硪荒岭通直道，兵气北边卫大秦。草色林光沃血汗，封峦石阙纪悲辛。秦王蒙恬皆尘土，黔首士卒真圣人。’”附录于此，以为存记。

汉代政论家的商鞅批判

据《汉书》卷四八《贾谊传》记载，贾谊上书陈政事，言词中可以看到对商鞅及其行政的批评：

> 商君遗礼义，弃仁恩，并心于进取，行之二岁，秦俗日败．故秦人家富子壮则出分，家贫子壮则出赘。借父耰鉏，虑有德色；母取箕帚，立而谇语。抱哺其子，与公并倨；妇姑不相说，则反唇而相稽。其慈子耆利，不同禽兽者亡几耳。然并心而赴时，犹曰蹷六国，兼天下。功成求得矣，终不知反廉愧之节，仁义之厚。信并兼之法，遂进取之业，天下大败；众掩寡，智欺愚，勇威怯，壮陵衰，其乱至矣。

或以为“贾谊虽以儒家思想为主，但他要求重农抑商，官营铜矿和铸钱，解决匈奴问题等，有明显的法家精神”（王铁：《汉代学术史》，华东师范大学出版社 1995 年 9 月版，第 240 页），从贾谊思想的总脉络看，这一见解似未可取。

《汉书》卷三〇《艺文志》中所录论著，有专门批判商鞅及其法家思想的。如：“《博士臣贤对》一篇。汉世，难韩子、商君。”

“难韩子、商君”，或许应当作“难《韩子》《商君》”，即对《韩非子》和《商君书》中主张的辩驳。

司马迁在《史记》卷六八《商君列传》中比较详尽地介绍了商鞅的事迹。对于商鞅运用法家思想主持变法的历史表演，司马迁评价说：

> 太史公曰：商君，其天资刻薄人也。迹其欲干孝公以帝王术，挟持浮说，非其质矣。且所因由嬖臣，及得用，刑公子虔，欺魏将卬，不师赵良之言，亦足发明商君之少恩矣。余尝读商君《开塞》、《耕战》书，与其人行事相类。卒受恶名于秦，有以也夫！

所谓“刻薄”“少恩”，其实也可以读作对法家思想的批评。《汉书》卷六二《司马迁传》载司马迁《报任安书》所见“昔商鞅因景监见，赵良寒心”语，则可以理解为对商鞅政治品格的微词。司马迁以为交接宦官“自古而耻之”，还写道：“夫中材之人，事关于宦竖，莫不伤气。况忼慨之士乎！”

董仲舒曾经直接指责商鞅行政导致了民众苦难和社会危机，他说：“古者税民不过什一，其求易共；使民不过三日，其力易足。民财内足以养老尽孝，外足以事上共税，下足以畜妻子极爱，故民说从上。至秦则不然，用商鞅之法，改帝王之制，除井田，民得卖买，富者田连仟伯，贫者亡立锥之地。又颛川泽之利，管山林之饶，荒淫越制，逾侈以相高；邑有人君之尊，里有公侯之富，小民安得不困？又加月为更卒，已复为正，一岁屯戍，一岁力役，三十倍于古；田租口赋，盐铁之利，二十倍于古。或耕豪民之田，见税什五。故贫民常衣牛马之衣，而食犬彘之食。重以贪暴之吏，刑戮妄加，民愁亡聊，亡逃山林，转为盗贼，赭衣半道，断狱岁以千万数。”（《汉书》卷二四上《食货志上》）以为商鞅之法引起的国家对民众的严酷的盘剥和压迫，是社会动乱的原因。董仲舒在指出商鞅行政之不成功之后，还批评了这种政风对汉初政治的影响。

《史记》卷六三《老子韩非列传》裴骃《集解》引《新序》曰：“申子之书言人主当执术无刑，因循以督责臣下，其责深刻，故号曰‘术’。商鞅所为书号曰‘法’。”看来，汉代人对于商鞅法制之风格的普遍印象，是“深刻”。

《汉书》卷二三《刑法志》也指责商鞅行法“重以贪暴之吏，刑戮妄加”的危害：“春秋之后，灭弱吞小，并为战国，稍增讲武之礼，以为戏乐，用相夸视。而秦更名角抵，先王之礼没于淫乐中矣。雄桀之士因势辅时，作为权诈以相倾覆，吴有孙武，齐有孙膑，魏有吴起，秦有商鞅，皆禽敌立胜，垂著篇籍。”“陵夷至于战国，韩任申子，秦用商鞅，连相坐之法，造参夷之诛；增加肉刑、大辟，有凿颠、抽胁、镬亨之刑。”

不过，我们看到，汉武帝时，仍然有以法家学说发表政议的，如《汉书》卷六五《东方朔传》：“武帝既招英俊，程其器能，用之如不及。时方外事胡越，内兴制度，国家多事，自公孙弘以下至司马迁皆奉使方外，或为郡国守相至公卿，而朔尝至太中大夫，后常为郎，与枚皋、郭舍人俱在左右，诙啁而已。久之，朔上书陈农战强国之计，因自讼独不得大官，欲求试用。其言专商鞅、韩非之语也，指意放荡，颇复诙谐，辞数万言，终不见用。”所谓“其言专商鞅、韩非之语也”，而“终不见用”，体现法家学说在西汉中期已经势落的命运。

《盐铁论》有《非鞅》一篇，记述了大夫和文学有关商鞅评价的辩论。大夫发表赞颂商鞅的言辞：“昔商君相秦也，内立法度，严刑罚，饬政教，奸伪无所容。外设百倍之利，收山泽之税，国富民强，器械完饰，蓄积有余。是以征敌伐国，攘地斥境，不赋百姓而师以赡。故利用不竭而民不知，地尽西河而民不苦。”文学则反驳道：“商鞅峭法长利，秦人不聊生，相与哭孝公。”其后秦日以弱，“故利蓄而怨积，地广而祸构，恶在利用不竭而民不知，地尽西河而人不苦也？”大夫则说：“秦任商君，国以富强，其后卒并六国而成帝业。及二世之时，邪臣擅断，公道不行，诸侯叛弛，宗庙隳亡。《春秋》曰：‘末言尔，祭仲亡也。’夫善歌者使人续其声，善作者使人绍其功。椎车之蝉攫，相土之教也。周道之成，周公之力也。虽有裨谌之草创，无子产之润色，有文、武之规矩，而无周、吕之凿枘，则功业不成。今以赵高之亡秦而非商鞅，犹以崇虎乱殷而非伊尹也。”文学再次批判商鞅的政策：“商鞅以重刑峭法为秦国基，故二世而夺。刑既严峻矣，又作为相坐之法，造诽谤，增肉刑，百姓斋栗，不知所措手足也。赋敛既烦数矣，又外禁山泽之原，内设百倍之利，民无所开说容言。崇利而简义，高力而尚功，非不广壤进地也，然犹人之病水，益水而疾深，知其为秦开帝业，不知其为秦致亡道也。”大夫依然强调商鞅推行法制以强国振武的功绩：“昔商君明于开塞之术，假当世之权，为秦致利成业，是以战胜攻取，并近灭远，乘燕、赵，陵齐、楚，诸侯敛衽，西面而向风。其后，蒙恬征胡，斥地千里，踰之河北，若坏朽折腐。

何者？商君之遗谋，备饬素修也。故举而有利，动而有功。”文学则再次坚持商鞅之法是致使秦亡的因素：“商鞅之开塞，非不行也；蒙恬却胡千里，非无功也；威震天下，非不强也；诸侯随风西面，非不从也；然而皆秦之所以亡也。商鞅以权数危秦国，蒙恬以得千里亡秦社稷：此二子者，知利而不知害，知进而不知退，故果身死而众败。”大夫又说：“夫商君起布衣，自魏入秦，期年而相之，革法明教，而秦人大治。故兵动而地割，兵休而国富。孝公大说，封之於、商之地方五百里，功如丘山，名传后世。世人不能为，是以相与嫉其能而疵其功也。”文学则说：“君子进必以道，退不失义，高而勿矜，劳而不伐，位尊而行恭，功大而理顺；故俗不疾其能，而世不妒其业。今商鞅弃道而用权，废德而任力，峭法盛刑，以虐戾为俗，欺旧交以为功，刑公族以立威，无恩于百姓，无信于诸侯，人与之为怨，家与之为雠，虽以获功见封，犹食毒肉愉饱而罹其咎也。”大夫以古来直臣箕子、比干、伍员、乐毅、大夫种的个人悲剧与商鞅相比拟，指出：“骄主背恩德，听流说，不计其功故也，岂身之罪哉？”文学则说：“比干剖心，子胥鸱夷，非轻犯君以危身，强谏以干名也。憯怛之忠诚，心动于内，忘祸患之发于外，志在匡君救民，故身死而不怨。君子能行是不能御非，虽在刑戮之中，非其罪也。是以比干死而殷人怨，子胥死而吴人恨。今秦怨毒商鞅之法，甚于私仇，故孝公卒之日，举国而攻之，东西南北莫可奔走，仰天而叹曰：‘嗟乎，为政之弊，至于斯极也！’卒车裂族夷，为天下笑。斯人自杀，非人杀之也。”

由于文化基点不同，有关商鞅评价的见解几乎完全是针锋相对的。

据《汉书》卷一〇〇上《叙传上》，班固作为识见高远的政治史家，有一段涉及商鞅的论说：

> 曩者王涂芜秽，周失其御，侯伯方轨，战国横骛，于是七雄虓阚，分裂诸夏，龙战而虎争。游说之徒，风扬电激，并起而救之，其余猋飞景附，煜霅其间者，盖不可胜载。当此之时，搦朽摩钝，铅刀皆能壹断，是故鲁连飞一矢而蹶千金，虞卿以顾眄而捐相印也。夫啾发投曲，感耳之声，合之律度，淫蛙而不可听者，非《韶》《夏》之乐也；因势合变，偶时之会，风移俗易，乖忤而不可通者，非君子之法也。及至从人合之，衡人散之，亡命漂说，羁旅骋辞，商鞅挟三术以钻孝公，李斯奋时务而要始皇，彼皆蹑风云之会，履颠沛之势，据徼乘邪以求一日之富贵，朝为荣华，夕而焦瘁，福不盈眦，祸溢于世，凶人且以自悔，况吉士而是赖虖！

所谓“挟三术以钻孝公”，所谓“蹑风云之会，履颠沛之势，据徼乘邪以求一日之富贵”，也鄙薄其政治人格。商鞅于是被看作“衰周之凶人”。而法家思想，也被看作“乖忤而不可通者，非君子之法也”。

如果剔除班固之说的学术偏见，重视其客观性，则应当肯定他对于法家等学说兴起的时代背景的分析，是有意义的。当时周室政衰，天下纷乱，“王涂芜秽，周失其御，侯伯方轨，战国横骛，于是七雄虓阚，分裂诸夏，龙战而虎争。游说之徒，风扬电激，并起而救之，其余猋飞景附，煜霅其间者，盖不可胜载。当此之时，搦朽摩钝，铅刀皆能壹断”，也就是说，法家等学说得以一时“荣华”，是基于特定的时代背景，即“蹑风云之会，履颠沛之势”，其崛起和败落，正所谓“因势合变，偶时之会”。从班固的眼光看来，汉王朝已经进入走向政治成熟的阶段，具有维护社会稳定的信心，商鞅一类“凶人”的得志，自然是不可能的了。

《后汉书》卷二八下《冯衍传下》载冯衍作赋有云：“燔商鞅之法术兮，烧韩非之说论。诮始皇之跛扈兮，投李斯于四裔。”看来，“商鞅之法术”，已经被认作反面的政治标本。

史家的“童心”

《左传》有“昭公十九年矣，犹有童心”的说法。《史记》沿承了这一记载。《史记》卷三三《鲁周公世家》：“昭公年十九，犹有童心。”也可以说是较早使用“童心”这一词语的文献。不过，《左传》以批评的口气言“童心”。《史记》却没有明显的否定性倾向。裴骃《集解》引东汉学者服虔对“有童心”的解释是“言无成人之志，而有童子之心”。现在我们回顾历史，似乎“有童子之心”恰是许多有文化贡献的人们共同的值得肯定的资质。阅读《史记》这部中国史学童蒙时期的杰作，是可以通过其气质与笔法的朴实、清纯、天真，亲切体味著家的“童心”的。

研究司马迁与《史记》的名家李长之在《司马迁之人格与风格》一书中，将司马迁与他所处时代的另一代表性人物汉武帝进行过比较。他注意到这两位历史名人有共同之处：“汉武帝之求才若渴，欣赏奇才，司马迁便发挥在文字上。汉武帝之有时而幼稚，可笑，天真，不实际，好奇，好玩，好幻想，司马迁也以同样的内心生活而组织成了他的书。”所谓“幼稚”“天真”“好奇”“好幻想”，正是“童子之心”的表现。

对于司马迁的“好奇”，西汉扬雄《法言·君子》早有评价：“多爱不忍，子长也。”“子长多爱，爱奇也。”因此才取得“《太史公》，圣人将有取焉”的非常成就。扬雄所谓“爱奇”，后人或直接称赞其“好奇”。欧阳修《帝王世次图序》说：司马迁“博物好奇之士，务多闻以为胜者”。徐孚远《史记测议序》也写道“太史公志大而好奇”，“包举广矣”。

“好奇”而务求“多闻”，首先表现为历史资料收集之求之“若渴”，对于其中富有“奇”的意味的信息之深心“欣赏”。司马迁对于历史现象“包举”之“广”，可以说至于极致。就通过实地考察丰富历史体验、充实历史识见而言，王国维《观堂集林》卷一一曾经说：“史公足迹殆遍宇内，所未至者，朝鲜、河西、岭南诸初郡耳。”司马迁勇敢写叙“当代史”为许多评论家所赞许。顾颉刚肯定对于“武帝之世”历史的记录，是“《史记》一书，其最精彩及价值最高部分”。又说，“武帝时事为迁所目睹，其史料为迁所搜集，精神贯注”，因而实现了“光照千古”的文化成就。

“好奇”还表现为历史观察视角之新异的追求。有学者评价：“《史记》记载同他有交往的，他常从他们吐谈中寻取这种便利……最可贵的，他还把这种关系深入到野人田父身上……”(卢南乔:《论司马迁及其历史编纂学》)《史记》避免了一般史书“不载民事”，“未睹社会之全体”的痼病，能够“大抵详察社会，精言民事”（朱希祖：《中国史界通论》）。于是梁启超《中国史学革命案》写道：“（《史记》其书）常有国民思想，如项羽而列诸本纪，孔子、陈涉而列诸世家，儒林、游侠、刺客、货殖而为之列传，皆有深意存焉。”他关注司马迁此奇异之“深意”，于是感叹：“太史公诚史界之造物主也！”

“好奇”表现为历史探索之创意，使得历史革新、历史推进的真实得以发现。正如有的学者所指出的，“司马迁使到了他的笔下的人类的活动永远常新，使到了他的笔下的人类的情感，特别是寂寞和不平，永远带有生命”（李长之：《司马迁之人格与风格》）。

基于“童心”的“好奇”还使得《史记》的文献形制和语言风格超越了以往的历史典籍。陈继儒《史记定本序》写道：“余尝论《史记》之文，类大禹治水，山海之鬼怪毕出，黄帝张乐，洞庭之鱼龙怒飞，此当值以文章论，而儒家以理学裙束之，史家以体裁义例掎摭之，太史公不受也。”司马迁突破了旧有的史书记述风格的拘限，使得其“文章”呈示全新气象。俞正燮说《史记》可以看作司马谈与司马迁合著，然而，“至其驰骋议论，谈无与焉”（《癸巳类稿》卷一一《太史公释名义》）。苏辙《上枢密韩太尉书》赞美《史记》“其文疏荡，颇有奇气”。所谓“驰骋”“疏荡”显现的“奇气”，无疑也是“好奇”追求的收获。人们公认《史记》成就了中国史学和中国文学共同的经典。班彪曾经赞誉这部名著“今之所以知古，后之所以视前，圣人之耳目也”（《后汉书》卷四〇上《班彪传上》）。班固也说《史记》“贯穿经传，驰骋古今”（《汉书》卷六二《司马迁传》）。梁启超肯定“《史记》自是中国第一部史书”（梁启超：《要籍解题及其读法·史记》）。崔适也称《史记》为“群史之领袖”（崔适：《史记探源》卷一《序证·要略》）。然而又多有学者指出，《史记》不仅于史学建设多所创制，还体现出全面的文化优胜。朱熹说“《太史公书》疏爽”（《朱子语类》卷一三〇《历代史》），章学诚也有“深于《诗》者也”，“千古之至文”的称誉（章学诚：《文史通义·内篇五·史德》）。鲁迅也说《史记》不仅是“史家之绝唱”，亦“无韵之《离骚》”（鲁迅：《汉文学史纲要》）。读《史记》，正是高等级的美学享受。从司马迁著写的这部名著中可以品味真实的美，充沛的美，深沉的美。

李长之说“汉武帝之有时而幼稚，可笑，天真，不实际，好奇，好玩，好幻想，司马迁也以同样的内心生活而组织成了他的书”。说到与“幼稚”“天真”“好奇”并列的“好玩”的“内心生活”，也许有人会联想到与汉武帝频繁出巡类似的司马迁的长途旅行。苏辙《上枢密韩太尉书》说，《史记》的“奇气”，由自“太史公行天下，周览四海名山大川，与燕赵间豪俊交游”。马存说，“其文奔放而浩漫”，“其文停蓄而渊深”，“其文妍媚而蔚纡”，“其文感愤而伤激”，“其文雄勇戟健，使人心悸而胆栗”，都与司马迁广泛游历对于不同的地理景观与人文遗迹的亲身体验有关。他说：“子长平生喜游，方少年自负之时，足迹不肯一日休，非直为景物役也，将以尽天下大观以助吾气，然后吐而为书，观之，则其平生所尝游者皆在焉。”（凌稚隆《史记评林》卷首引马存语）这里所说的“方少年自负之时，足迹不肯一日休”，是可以与我们讨论的“童心”相互对照理解的。

对于自然的亲近，也是“童心”的表现。《史记》以较多篇幅引录汉赋文字，曾经受到一些《史记》《汉书》比较研究者的批评。比如明代学者王鏊《震泽长语》卷下说，《史记》没有载录贾谊的《治安策》和董仲舒的《天人三策》，是“疏略”于《汉书》。梁启超《中国历史研究法补编》也曾写道，对于贾谊，

“专载他的《鹏鸟赋》《吊屈原赋》，完全当作一个文学家看待，没有注意他的政见，未免太粗心了”。其实，司马迁重视汉赋作品，除了内心的文学偏爱之外，可能还由于汉赋对自然景观的细致描绘，亦切合他热爱自然的心理。《文心雕龙·比兴》说，汉赋有“图状山川，影写云物”的优长。有学者甚至说：“汉赋有绘形绘声的山水描写，是山水文学的先声。”（康金声：《汉赋纵横》）有的学者分析汉赋“所铺陈的事物内容”，首先指出“山川、湖泽、鸟兽、草木”（姜书阁：《汉赋通义》）。司马相如《上林赋》有关草色林光“延曼太原，丽靡广衍，应风披靡，吐芳扬烈，郁郁斐斐，众香发越”等文句被收容在《史记》卷一一七《司马相如列传》中，体现了司马迁特别的情趣，也为我们保留了宝贵的生态史料。

特别注意对事物细节的观察并有所思考，是儿童心理的特征之一。《史记》对历史人物表情的细致描绘，也与作者的“童心”有关。例如《史记》关于秦史，有一个特殊的语汇值得注意，这就是“得意”。秦始皇二十八年琅邪刻石：“立石刻，颂秦德，明得意。”又说：“普天之下，抟心揖志。器械一量，同书文字。日月所照，舟舆所载。皆终其命，莫不得意。”秦二世回顾先帝事业，言“作宫室以章得意”（《史记》卷六《秦始皇本纪》）。李斯以述职表功为主题的上书，也说到“治驰道，兴游观，以见主之得意”（《史记》卷八七《李斯列传》）。《史记》卷一五《六国年表》写道：“秦既得意，烧天下《诗》《书》。”贾谊《过秦论》中秦“得意于海内”的辞句为司马迁所重视，《史记》卷一三〇《太史公自序》也使用了这一说法。对“得意”

的关注，从这一政治表情分析政治心态，是《史记》政治史记录的独到之处。类似的例子，又如刘邦看到秦皇帝时感叹“嗟乎，大丈夫当如此也”（《史记》卷八《高祖本纪》），项羽则言“彼可取而代也”（《史记》卷七《项羽本纪》）。鸿门宴历史记忆之深刻，主要由于因《史记》所记述项羽、范增、项庄、刘邦、张良、樊哙等人物表情之生动（《史记》卷七《项羽本纪》）。

对儿童生活的关注，是《史记》超越诸多史书的独有特点。扁鹊为“小儿医”的故事（《史记》卷一〇五《扁鹊仓公列传》），刘盈兄妹幼时随吕后参与田间劳作的故事（《史记》卷八《高祖本纪》），窦太后的弟弟窦少君“年四五岁”被拐卖从事苦工的故事（《史记》卷四九《外戚世家》），童年汉景帝与吴太子游戏时发生争执，以博局掷击对方致死的故事（《史记》卷一〇六《吴王濞列传》），张汤儿时审鼠处刑，“其文辞如老狱吏”，后来成为司法名臣的故事（《史记》卷一二二《酷吏列传》）等，都为司马迁所关注，一一载入史籍，成为我们研究汉代未成年人生活的重要史料。

我们在考察汉代的儿童劳动与劳动儿童时还注意到，司马迁在《史记》卷一三〇《太史公自序》中回顾自己早年经历时，说到在“年十岁则诵古文”之前，他曾经“耕牧河山之阳”。司马迁童年亲身从事“耕牧”实践的劳动生活，使得他与“野人田父”能够情感融汇，心灵相通。《史记》注重下层社会的物质生产与物质生活，也理解劳动阶级的精神体验，自然与这样的童年生活有关。《史记》于是如梁启超所说，能够“以社会全体为史的中枢，故不失为国民的历史”（梁启超：《中国历史研究法》）。我们思考汉代社会史、汉代未成年人生活史，乃至汉代文化史和汉代史学史，都不能不关注这样的事实。

“天人之际”与“古今之变”

司马迁在致任少卿的信中自叙撰写《史记》的心志，有“欲以究天人之际，通古今之变，成一家之言”的话。这一说法影响非常深远，不少人以此作为人生格言，或以标示学术追求的鹄的。班固把这段文字记录在《汉书》卷六二《司马迁传》中。然而《史记》卷一三〇《太史公自序》里，我们只看到所谓“成一家之言”，并没有“究天人之际，通古今之变”十字。不过，司马迁在他的史学实践中，是切实坚持了这一学术理念的。《史记》卷二七《天官书》写道：“为国者必贵三五。上下各千岁，然后天人之际续备。”按照司马贞《索隐》的解释，“三五”，指的是“三十岁一小变，五百岁一大变”。仍然说到了“古今之变”。在《太史公自序》中介绍“八书”的撰述主题，也说“天人之际，承敝通变”，这里“通变”，也许可以理解为“通古今之变”。关于《礼书》的内容，司马迁也有“略协古今之变”的说法。这些表述，其实都包涵有“究天人之际，通古今之变”的深意。有人评价《史记》，以为正是因为追求这一境界，于是成就辉煌，“七十列传，各发一义，皆有明于天人古今之数”。而《货殖列传》“亦天人古今之大会也”（〔清〕恽敬《大云山房文稿》初集卷二《读货殖列传》，四部丛刊景清同治本）。

所谓“通古今之变”，指出了历史学者的学术责任是考察古今历史演变的进程，并进而认识历史，理解历史，总结关于历史规律的体会。对于进行这样的学术工作的路径，司马迁的做法是“网罗天下放失旧闻，考之行事，稽其成败兴坏之理”。考察、认识中国的历史文化，应当进行这样的努力。对于经历艰苦探索，终于获得历史新知的内心欣慰，他的表述是：“则仆偿前辱之责，虽万被戮，岂有悔哉！”如此坚定的学术信念，今天的读书人，依然可以借以自勉。

理解“究天人之际”的文意，当然不能脱离当时的文化背景，关注人们对于“天”具有浓重神秘色彩的深心崇敬。曾经就《公羊春秋》的研读对司马迁有所指导的董仲舒对“天人之应”多所讨论（《汉书》卷五六《董仲舒传》），他的思想可能对司马迁有一定的影响。《史记》卷一《五帝本纪》说尧“敬顺昊天”。张守节《正义》解释为“敬天”。后世注家对《史记》文字的解说，也可见“敬天常”（《史记》卷一一七《司马相如列传》司马贞《索隐》）、“严敬天威”（《史记》卷四《周本纪》裴骃《集解》）等说法。如果认识到秦汉社会的“敬天”理念包含对自然的尊重，对生态的爱护，应当珍视其中值得继承的文化因素。《韩诗外传》卷七写道：“善为政者循情性之宜，顺阴阳之序，通本末之理，合天人之际，如是则天气奉养而生物丰美矣。”从这一角度看“天人之际”的“合”，可以发现接近现今科学的生态环境保护意识的内涵。还应当注意到，司马迁“究天人之际”的“究”，强调对未知规律的探索追求，与董仲舒“道之大原出于天，天不变，道亦不变”（《汉书》卷五六《董仲舒传》）的僵化偏执倾向有所不同。

司马迁生活的时代，是英雄主义、进取精神和开放风格凸显，文明大幅度进步的历史阶段。思维活泼、创造积极，导致了文化丰收。当时的思想者有比较宽广的视野和比较高远的追求，“天人”和“古今”的关系，似乎是许多人共同关心的文化命题。汉武帝说：“善言天者必有征于人，善言古者必有验于今。”董仲舒说：“天人之征，古今之道也。”（《汉书》卷五六《董仲舒传》）公孙弘也曾经言及“明天人分际，通古今之义”（《史记》卷一二一《儒林列传》）。《淮南子·泰族》写道：“明于天人之分，通于治乱之本。”《淮南子·要略》也有“埒略衰世古今之变”，“通古今之论”，“经古今之道”，以及“观天地之象，通古今之事”之说。看来，司马迁所谓“究天人之际，通古今之变”，代表了一种具有强烈时代特征的历史文化意识。而这位伟大学者的思考多有历史发明，确实体现了真知灼见。不过，因为与决策者的文化立场和政治判断有所不同，因李陵之祸爆发，终于激怒汉武帝，以陷腐刑。他从对历史的感悟中提供的认识，是否对汉武帝这样就“天”“人”“古”“今”也曾经有所关注的执政者形成影响，属于另一个层面的问题，大概需要通过更细致的学术考察才能够说明。

汉武帝及其“轮台诏”

毛泽东有“惜秦皇汉武，略输文采”的名句，然而汉武帝却是有诗作传世的。他的《秋风辞》所谓“秋风起兮白云飞，草木黄落兮雁南归；兰有秀兮菊有芳，怀佳人兮不能忘”，足见其多才与多情。宋之问诗“汾歌汉武才”，就是对汉武帝文采的赞赏。当然，这位帝王在历史上留有纪念，主要在于他武功文治方面的成就。

班固在《汉书》中用“雄才大略”一语称美汉武帝。这一评价是得到了历代史家的认可的。汉武帝在位54年间，北却匈奴，南平百越，西则丝路开通，东则朝鲜置郡。杜甫“武皇开边”，刘湾“汉武爱边功”等诗句，虽基于反战思维而暗含讥讽意味，却也肯定了汉武帝时代大一统帝国的疆域空前扩张的事实。西汉王朝以其精神文化和物质文化的辉煌成就成为东方文明的骄傲，在世界诸多文化共同体之中居于领先的地位。在这一时期，楚文化、秦文化和齐鲁文化大体完成了合流的历程，中国文化史进入了全新的阶段。汉武帝时代，是中国历史上的英雄时代。当时，除了卫青、霍去病、李广等杰出的军事人才而外，司马迁、董仲舒、桑弘羊、张骞、司马相如、李延年等人的文化贡献，也使得他们在千百年后依然声名响亮。当然，这一现象的出现，并非如班固所说，是由于汉武帝个人的作用。群星的闪耀，是因为当时社会文化的总体背景，曾经形成了中国古代历史中并不多见的澄静的晴空。

然而在汉武帝取得政治文化成功的另一面，我们看到历史记录的民生的艰辛。据说因连年征战，以致“海内虚耗，户口减半”，民众的武装暴动也频繁发生。汉武帝执政晚期的政治危机，最明显地表现于“巫蛊之祸”。“巫蛊”，本来是民间诅咒仇人的巫术形式。宫廷妇女和贵族妇女中因嫉妒而使用“巫蛊”之术，使得这种迷信侵入上层社会生活。晚年汉武帝身体多病，“遂苦忽忽善忘”，又性情偏执，疑心是蛊道所致。他信用为政偏激的江充清查“巫蛊”，严刑逼供，导致空前的大狱。

汉武帝在爱子刘据成年之后，即为他专立博望苑，使与宾客交接，因此多有以异端进见者。在刘据的身边，当时可能已经聚集了一批有政治才华的士人。在政风严酷的背景下，据说性情仁恕温谨、宽厚而守文的太子刘据与汉武帝政治风格多有不同。他曾经对汉武帝用法之残厉每多异议，于是得百姓之心，而执法大臣不免心中不悦。江充出于投机之心，利用汉武帝父子政治倾向之不同，制造了太子宫中埋木人行“巫蛊”的冤案。汉武帝当时远在甘泉宫养病，刘据无以自明，被迫起兵杀江充，又动员数万市民于长安城中武装抵抗政府军的镇压。汉武帝命令调发三辅地区军队以戡平反者，又回到长安建章宫亲自进行现场指挥。太子军与政府军在长安城中大战五日，死者数万人。刘据最终兵败，出城东逃，在追捕中自杀。事变之后，“巫蛊”冤情逐渐显现于世，汉武帝内心有所悔悟。他命令族灭江充家，并肃清其同党，一些当时因攻伐太子军及追捕太子而立功受封的官员，也被一一处置。汉武帝“怜太子无辜”，在刘据去世的地方筑作思子宫与归来望思之台，以寄托哀念。

汉武帝认真反思与太子刘据政治主张的分歧，于是利用汉王朝西域远征军战事失利的时机，开始了基本政策的转变。征和四年（前 89），他公开承认："朕即位以来，所为狂悖，使天下愁苦，不可追悔。"又向臣民宣布，自今事有伤害百姓，糜费天下者，统统予以罢除！汉武帝又正式颁布了被誉为"仁圣之所悔"的"轮台诏"，深陈既往之悔，否定了部分朝臣主张将西域战争继续升级的计划，表示当今政事，最要紧的应当在于"禁苛暴，止擅赋，力本农"，决意把行政重心转移到和平生产方面来，终于维护了社会稳定，也使政治生活趋于健康，于是奠定了后来汉昭帝和汉宣帝实现"昭宣中兴"的基础。司马光在《资治通鉴》中分析"巫蛊之祸"及汉武帝挽回危局的措施时，曾经写道，汉武帝奢侈放纵，刑罚严酷，又频繁发动战争，使百姓不堪重负，以致奋起反抗。他的这些作为和秦始皇相差无几，然而为什么秦王朝因此覆亡，汉王朝却在汉武帝之后实现了昭宣时代的再度振兴呢？汉武帝能够"晚而改过"，是主要原因之一。正是因为如此，他虽然犯有与亡秦同样的过失，却避免了亡秦覆灭的灾祸。明代思想家李贽也称汉武帝晚年的这一历史变局为"天下大坏而得以无恙"，他曾经这样评价汉武帝的"轮台诏"："汉武惟此一诏可谢高帝、文帝"，"过天地之风雷，可不勇哉！"确实，汉武帝最终毅然实行基本政治方向的转变，不仅表现出战略眼光的明智，也表现出政治决策的勇敢。

"巫蛊之祸"这种在王朝都城发生的以正规军武装平定政

治动乱的大规模流血事件，为历史记载所仅见，而汉武帝事后能够“晚而改过”，扭转危局，同样古今罕俦。正如有的历史学家在分析“巫蛊之祸”前后的历史过程时所指出的：“历史动向向我们昭示，汉武帝作为早期的专制皇帝，实际上是在探索统治经验，既要尽可能地发展秦始皇创建的专制主义中央集权的统一国家，又要力图不蹈亡秦覆辙。在西汉国家大发展之后继之以轮台罪己之诏，表明汉武帝的探索获得了相当的成功。”“不过，轮台诏能够奏效，是由于它颁行于局势有可挽回之际，而且有可挽回之方。”“所以汉武帝虽然提供了专制帝王收拾局面的先例，而直到有清之末为止的王朝历史中，真能成功地效法汉武帝以‘罪己’诏取得成效的皇帝，却不多见。”（田余庆《论轮台诏》，《秦汉魏晋史探微》，中华书局1993年版）

《汉书》及其著作人

据中国史学学术史的记录，人们对《汉书》的普遍重视，长期超过《史记》。《汉书》注本东汉已经出现。隋唐以后，研究《汉书》的“《汉书》之学”兴起。清代史学家赵翼说：“《汉书》之学，隋人已究心，及唐而益以考究为业。……当时《汉书》之学大行。”有人请教苏轼读书经验，他说：“吾尝读《汉书》矣，盖数过而始尽之。如治道、人物、地理、官制、兵法、货财之类，每一过专求一事，不待数过而事事精核矣。”黄庭坚也曾经说：“每相聚辄读数叶《前汉书》甚佳。人胸中久不用古今浇灌之，则俗尘生其间。照镜则觉面目可憎，对人亦语言无味也。”“古今”就是史学。《汉书》被看作史学典型性成就。洪迈《容斋随笔》写道：“班固著《汉书》，制作之工，如英茎咸韶，音节超诣。后之为史者莫能及其仿佛，可谓尽善矣。”明人王鏊发表过这样的评价：“班固《西汉书》典雅详整，无愧马迁，后世有作，莫能及矣。固其良史之才乎！”指出班固《汉书》无愧于司马迁《史记》，后世史学论著皆“莫能及”，因此班固无疑可以称作“良史之才”。应当说，司马迁《史记》与班固《汉书》，分别体现出两位史学大家的思想个性和学术个性。或说“马班之史，李杜之诗”，“太白则《史记》，少陵则《汉书》”，或说“譬之名将，子长之才豪而不羁，李广之骑射也；班孟坚才赡而有体，程不识之部伍也”。

《汉书》是第一部纪传体断代史，在《史记》之后，列名“二十四史”的第二种。《汉书》的体例，对后来的纪传体正史影响很大。就保存西汉历史资料来说，《汉书》是最为全面、最为完备的史籍。就保存新莽历史资料来说，《汉书》是无可替代的史籍。由于刘邦因灭秦而建国，《汉书》也保存了秦史的资料。对于汉武帝中期以前的历史，《汉书》基本沿承了《史记》的记载，但是由于作者历史观的差异，材料取舍标准不同，也往往增补新的重要内容。对于汉武帝中期以后的西汉历史的记述，《汉书》的史学价值是独一无二的。

《汉书》继承了《史记》纪传体撰写方式，新创《古今人表》和《百官公卿表》。又书写了《刑法志》《五行志》《地理志》《艺文志》。其叙事格局更为严整完备。全书100卷，包括“纪”12卷，“表”8卷，“志”10卷，“传”70卷。后人根据各卷容量，析为120篇。《汉书》喜欢用古字古训，比较难读，这也是诸多学者积极参与注说，形成“《汉书》学”的原因之一。

《汉书》的主要著作人班固建武二十三年（47）前后入洛阳太学。建武三十年（54），父亲班彪去世，班固自太学返乡，在班彪续补《太史公书》之作《后传》的基础上开始编写《汉书》。《后汉书》卷四〇上《班固传》写道：“固字孟坚。年九岁，能属文诵诗赋，及长，遂博贯载籍，九流百家之言，无不穷究。所学无常师，不为章句，举大义而已。性宽和容众，不以才能高人，诸儒以此慕之。”穷究百家，不拘章句，虚怀谦逊，体现出优秀学者的资质。回归乡里后，他以为“（班）彪所续前史未详，乃潜精研思，欲就其业”。后来被举报“私改作国史”，收捕入狱。由于此前有同乡因文字传播下狱处死事，班固的弟弟班超担心郡级司法部门严酷处置而“不能自明”，急驰至洛阳“诣阙上书”，幸得召见，而被没收的论著恰好也呈送到京师。汉明帝“甚奇之”，于是召致朝廷图书管理部门，任为“兰台令史”，参与了《世祖本纪》等史书的撰述。汉明帝又明确指令班固继续完成前所著书。班固在汉明帝永平年间“受诏”之后，“潜精积思二十余年”，在汉章帝建初年间大致完成了《汉书》的主体部分。据说“当世甚重其书，学者莫不讽诵焉”。

班固还有史学以外的其他论著。如“上《两都赋》”，澄清了有关长安至洛阳行政中心转移的某些疑议。班固“自为郎后，遂见亲近”，皇帝“每行巡狩，辄献上赋颂”，并积极参与政事咨询，并得到肯定，“朝廷有大议，使难问公卿，辩论于前，赏赐恩宠甚渥”。后来迁转玄武司马。“天子会诸儒讲论《五经》，作《白虎通德论》，令固撰集其事。”《白虎通德论》又称《白虎通》《白虎通义》，是影响东汉以后意识形态方向的儒学思想规范。班固又曾“作《典引篇》”，正面宣传“汉德”。在“北单于遣使贡献，求欲和亲”对策的参议中，班固的态度是积极的。永元初年，“大将军窦宪出征匈奴”，任命“以母丧去官”的班固为中护军。汉和帝永元元年（89），汉王朝远征军与南匈奴合击北匈奴，取得决定性的胜利。《后汉书》卷四《和帝纪》记载：汉军出塞，大破北匈奴，“窦宪遂登燕然山，刻石勒功而还”。燕然山在今蒙古国杭爱山。据班固受命撰写的《燕然山铭》，窦宪军“经碛卤，绝大漠”，终于“乘燕然”，实现“恢拓境宇”的新局面。《后汉书》卷四〇下《班固传》记载：“北单于闻汉军出，遣使款居延塞，欲修呼韩邪故事，朝见天子，请大使。”窦宪建议派遣班固率数百骑出居延塞迎之，后来因匈奴内变，中途返回。考察班固的生涯，于史学著述之外，曾有颇为活跃的政治实践。其投入的热情和参与的深度，超过了许多文人。由于与强势外戚窦宪的特殊关系，直接卷入了高层政争。

窦宪集团败落，班固免官。据《后汉书》卷四〇下《班固传》，班固教子不严，“诸子多不遵法度，吏人苦之”。子弟不能守法，成为地方行政的难题。洛阳令种兢曾出行，车骑队列遭到班固家奴阻碍，从吏予以惩处，“奴醉骂”，种兢大怒，然而因为畏惧窦宪权势，未敢表露。及窦宪以谋反被诛，其附从者都被逮捕，种兢收捕班固。班固死于狱中，时年 61 岁。事后汉和帝谴责种兢，主持此案的官员抵罪。有的历史学者这样记述班固的人生结局：“班固与窦宪本有世交之谊，入窦宪幕府后，主持笔墨之事，关系更为亲密。永元四年，窦宪在政争中失败自杀，洛阳令对班固积有宿怨，借机罗织罪名，捕班固入狱。同年死于狱中。”（吴树平《班固》，《中国大百科全书·中国历史》）这样的说法忽略了“（班）固不教学诸子，诸子多不遵法度”的重要情节，对于种兢“借机罗织罪名，捕班固入狱”的指责，语调严厉，似尚可斟酌。

《后汉书》卷四〇下《班固传》最后的“论曰”，赞扬“司马迁、班固父子，其言史官载籍之作，大义粲然著矣”，指出公认“二子有良史之才”，“信哉其能成名也”。同时也说到班彪、班固讥讽司马迁，“以为是非颇谬于圣人”，揭示“二子”文化理念与史学视角有颇多不同。又写道：“固伤迁博物洽闻，不能以智免极刑；然亦身陷大戮，智及之而不能守之。呜呼，古人所以致论于目睫也！”说班固感叹司马迁博学多智，却不能因此知识优势免受极刑。《后汉书》的作者随即指出班固其实走向更悲惨的结局，班固对司马迁的批评其实也指向了自己。什么是“古人所以致论于目睫也”？北宋司马光在一篇政论中说道：“古语有之曰：察目睫者，不能见百步；察百步者，亦不能见目睫。非不欲兼之，势不可也。”（《上英宗论政要在择人赏善罚恶》，《宋名臣奏议》卷八）班固观史，可以“见百步”“察百步”，现实生活中却“不能见目睫”。历代有这样的史学家，研究历史，理解历史，可以清醒地“见”“察”，而眼前的“目睫”，却不能认知。

班固最终并未实现《汉书》定稿。吴树平写道：“班固卒时，《汉书》尚有八表和《天文志》没有完成。和帝命其妹班昭续撰，后又命跟随班昭学习《汉书》的马续踵成之。”（《班固》，《中国大百科全书·中国历史》）班固早年曾不惧政治风险，立志修史，然而后来因帝王豪贵的“亲近”与“恩宠”，置身政治漩涡，亦不免沾染官场恶习，在血腥的权力争夺中丧身，致使曾经热爱的学术工作因此中止。班固人生所谓“身陷大戮”者，是史学家的悲剧，也是史学的悲剧。

走近秦汉“小儿”

东汉晚期，堪称时代英雄的实力派军阀曹操身边有一个早慧的幼子曹冲。曹冲因“称象”的故事后来享有很高的知名度。清代学者何焯《义门读书记》对曹冲“称象”的历史真实性提出质疑，又指出燕昭王时代已经有类似“浮舟而量”的故事。陈寅恪先生发现曹冲“称象”故事其实“为外国输入者”，“有佛教故事，辗转因袭杂糅附会于其间”（《寒柳堂集》）。然而《三国志》确实记载，曹冲“生五六岁，智意所及，有若成人之智”。曹冲 13 岁患病，去世后，曹操“哀甚”。他对这个孩子深心喜爱，甚至曾“数对群臣称述，有欲传后意”。就曹冲之死，他曾直接对曹丕说：“此我之不幸，汝曹之幸也。”曹丕也曾表态：若使曹冲在，“我亦无天下”。显然，曹冲曾经是曹丕权力竞争的有力对手。后来曹丕称帝，迁葬曹冲于曹操高陵。他就此发表的策文言辞沉痛，表示“追悼之怀，怆然攸伤”（《三国志》卷二〇《魏书·武文世王公传·邓哀王冲》及裴松之注引《魏书》）。曹冲这样的有故事的儿童，享有生命仅仅十三四年，却为后世留下了深刻的历史记忆。何焯、陈寅恪的质疑其实还有讨论的余地。而他们的意见，可以理解为史家对秦汉儿童事迹的特殊关注。

其实，真正走近秦汉儿童生活，或许可以获得很多的发现。考察他们的生存境况，分析他们的社会地位，理解他们的精神世界，可以更全面地认识秦汉历史文化，也有益于深化中国古代未成年人生活的研究。

1.“小儿医”与“婴儿方”：简帛文献发现

汉代铜镜铭文可见“子孙备具”“子孙蕃昌”字样。汉代文物表现“宜子孙”理想的文字形式还有很多。汉初马王堆帛书《十六经》说，“子孙不殖，是胃（谓）凶节”，相反“子孙则殖”被称作“吉节”。“凶”“吉”的对应，体现当时社会对新生命的期盼。至于汉末，中原疾疫中诸多未成年人死亡的情形，使得汉碑中有“夭没”儿童的石刻纪念。这一时期的汉赋多有“伤夭”“悼夭”为主题的作品。曹植的“稚子”“哀辞”表现出深切的艺术感染力。

《史记》卷一〇五《扁鹊仓公列传》记载，扁鹊“来入咸阳，闻秦人爱小儿，即为小儿医”。名医的参与，自然会使医学的这一门类取得比较大的进步。《潜夫论·忠贵》说“婴儿有常病”，反映了当时民间社会对儿科医学的重视。《汉书》卷三〇《艺文志》“经方十一家”中有“《妇人婴儿方》十九卷”。其中具体的“方”，必然分别是“妇人方”和“婴儿方”。马王堆汉墓出土帛书中的《五十二病方》，就已经记录了若干汉代“小儿医”的医疗经验。东汉著名医学家张仲景著《金匮要略方论》也有“小儿医”医疗方式的遗存。《史记》记录名医淳于意事迹，有关于“齐王中子诸婴儿小子病，召臣意诊切其脉”的情节。《三国志》所见汉末名医华佗医治的病例中，也有儿科疾病。

当然，秦汉医学主题简牍的出土、整理和研究，一定会充实、更新我们有关秦汉“小儿医”的知识。

2.“小儿”“小子”社会参与对历史的推进：考古文物资料新证

明人董说《七国考》卷一一分述战国时期七国兵制。《秦兵制》题下有“小子军”条，引刘子《别录》云：“长平之役，国中男子年十五者尽行，号为‘小子军’。”所谓“刘子《别录》”，缪文远订补本作“刘向《别录》”。张金光《秦制研究》论述秦“傅籍与编役”制度也引作“刘向《别录》”。刘子《别录》究竟是怎样的一种书，还可以继续讨论。然而，秦始皇帝陵兵马俑的考古发现，有面容表情表现出“天真的稚气”的“小战士的形象”（《秦始皇陵兵马俑坑一号坑发掘报告（1974 ~ 1984）》），是我们思考“小子军”问题时应当注意的。大概可以说，秦军中存在少年士兵的情形，能够通过文物资料得以证实。应当认识到，秦统治下的未成年人被迫付出的历史牺牲，也为秦实现统一准备了条件。《史记》卷七三《白起王翦列传》记载，白起“尽阬杀”赵军“卒四十万人”时，曾经“遗其小者二百四十人归赵”。《资治通鉴》胡三省注以为“小者”即赵军中的“小弱”。也就是说，在《史记》卷六《秦始皇本纪》所谓“天下共苦战斗不休”的时代，征调未成年人从军的，或许并非只是秦国一家。至于秦汉时期，未成年人承担的赋役责任，可以由简牍资料所见“小男”“小女”的境遇得到体现。

通过考古收获增进对未成年人生活的了解，还应当说到敦煌马圈湾汉代烽燧遗址的发掘。这里出土过被判定为“鞠”的实物。发掘报告称这件文物遗存为“蹴鞠”，列为“体育用品”，这是通过考古方式发现数量甚少的儿童玩具实例之一。所谓“蹴鞠”，或称“鞠”较为合宜。发掘报告执笔者认为可能是“随军子女之玩具”。另有所谓“玩具衣”即女孩喜爱的玩偶的服装。发掘报告称“玩具衣，三件”，衣长仅 4 厘米，胸围 3.4 厘米，两袖长度只有 2.6 厘米。马圈湾汉代烽燧遗址出土当时军人及其家属的遗物中，有未成年人的生活用品。一件“麻线编织履”，“底长 15 厘米，宽 5.5 厘米……为 3—4 岁小孩所用”。发掘者指出“履前部已磨破”(《敦煌马圈湾汉代烽燧遗址发掘报告》)，可见是实用物品。汉简“家属妻子”名籍可见未成年人随军的情形。我们主要通过河西汉简资料，分析过汉代西北边塞军事体系中的未成年人生活。这些考古发掘出土的文物，使我们对这一学术主题的认识，增益了具体、生动的信息。

3.“童男女”的神异地位与政治预言“童谣”：历史人类学思考

徐市为什么“将童男女入海”？汉代逐疫仪式中为什么有“侲子”的表演？求雨仪礼中为什么以“小童”为主角？在汉代社会生活中，“小儿”称谓有亲昵义，也有轻蔑义。鄙语“儿”的使用，是常见语言现象。“竖子”“竖小”“小竖”称谓都体现出对未成年人的歧视。有的学者针对西方社会儿童史和儿童观的演变进行了这样的分析，西方古代“儿童还处于受迫害的地位”，中古时代统治者的观念，认为“儿童是带着‘原始的罪恶’来到人世的，他们必须历尽苦难生活的磨难，不断赎罪，才能纯化灵魂”，当时“儿童是没有独立的社会地位的”（朱智贤、林崇德《儿童心理学史》）。这是因奴隶制和教会压迫导致的社会文化现象，与中国的情形有颇多相似之处，也有许多不同的地方。我们注意到，秦汉儿童在当时富有神奇色彩的文化舞台上，有时扮演着特殊的角色。例如，“童男女”在若干神事巫事活动中即发挥着某种神秘的作用。

“小童”在“求雨”仪式中的特殊作用，或许与人类学家注意到的某些民族的求雨礼俗在原始动机或者文化象征方面有共通之处。“在祖鲁兰，有时妇女们把她们的孩子埋在坑里只留下脑袋在外，然后退到一定距离长时间地嚎啕大哭，她们认为苍天将不忍目睹此景。然后她们把孩子挖出来，心想雨就会来到。”（〔英〕詹姆斯·乔治·弗雷泽《金枝：巫术与宗教之研究》）《史记》卷五《秦本纪》记载“陈宝”崇拜的发生，张守节《正义》引《晋太康地志》以为与“童子”神话有关。《论衡·订鬼》说：“世谓童子为阳，故妖言出于小童。童、巫含阳，故大雩之祭，舞童暴巫。”“童、巫”竟然并称，可知其作用有某种共同之处。而“童谣”被看作政治预言，也与这一文化现象有关。“童男女”具有可以与神界沟通的特殊能力，也许体现了具有原始思维特征的文化现象。一些人类学资料告诉我们，许多民族都有以“童男女”作为牺牲献祭神灵的风习。“在弗吉尼亚，印第安人奉献儿童作为牺牲”。“腓尼基人为了使神发慈悲之心而将……自己心爱的孩子奉献作祭品。他们从贵族家庭中挑选牺牲以增大牺牲的价值。”（〔英〕爱德华·泰勒《原始文化》）运用历史人类学方法考察秦汉儿童生活，可以解决一些学术难题。

4. 儿童史研究的学术空间

作为教育部人文社会科学研究项目“秦汉时期未成年人生活研究”的最终成果，我写的《秦汉儿童的世界》，探讨了“出生权利和初生命运”“婴幼儿健康与基本生存条件”“儿戏：游艺生活”“童蒙教育”“‘神童’的出现”“劳动儿童与儿童劳动”“社会灾难、社会犯罪与受害儿童”“社会上层儿童生活考察”“未成年人的赋役责任与社会继承”“少年吏：未成年人的参政机会”“‘少年’与‘恶少年’：社会秩序的危害”“未成年人的社会地位”“朦胧情性”“‘童男女’的神异地位”等问题。从1991年发表《说秦汉“少年”与“恶少年”》，1992年发表《汉代民间的玩具车》到2018年《秦汉儿童的世界》问世，历时比较长久。其中甘苦得失，寸心自知。这里简略报告利用简帛资料、利用考古收获、尝试历史人类学方法的努力，也是点滴心得。

《秦汉儿童的世界》出版后，2019年5月获北京市第十五届哲学社会科学优秀成果奖二等奖，2020年11月获第四届全球华人国学大典国学成果奖。

明代学者唐龙有《易经大旨》四卷问世，杨秦、吕柟曾为之序。唐龙《自述》写道，正德年间，他任职云南，“境远而僻，政约而简”，于是“坐帏捧卷”，精研《易》学“几三年”，有人问他：“庶几有得乎？”唐龙的回答却是：“而今而后，吾知其难矣！”（〔清〕朱彝尊《经义考》）大约学问都是如此，入门“有得”的同时，往往益“知其难”。然而另一方面，学者治学，又可以因其中奥秘的探索，新识的获得，意趣的感知，体验特殊的心灵快乐。在学与思之间，也会看到新的学术空间，踏出新的学术路径。“秦汉时期未成年人生活研究”虽然早已结项，我在《秦汉儿童的世界》书稿编发付印之后，依然就有些相关问题继续思索考察。随笔《史家的“童心”》《童年司马迁的“耕牧”生活》《怎样真正亲近秦汉儿童生活》《汉代的女童教育》和论文《汉代“乳舍”及相关问题的社会史考察》《汉陶文“小儿受赐”试解》《汉代“襁褓”“负子”与“襁负”考》《汉晋“鸠车”考识》《行走的秦汉少年》《河西考古发现的汉代儿童生活史料——丝绸之路史视角的考察》《汉代女童教育的形式和影响》等，都是继续循行“秦汉时期未成年人生活研究”的思路完成的。

关于秦汉儿童生活史研究，还有相当广阔的学术空间，还有许多需要探索的学术疑问。比如，“小儿医”的医学史意义；“儿戏”形式，如孔融子女临被捕时的“琢钉戏”究竟是怎样一种游戏？“童谣”的发生以及成人制作的可能；瓮棺葬作为未成年人葬式的文化涵义等等。许多问题都值得我们进行更深层次的探索和说明。我们寄希望于中青年学者今后在这一学术方向投入心力。而其他断代史有关未成年人生活研究的工作，或许也会有新生代学者愿意参与。

《秦汉儿童的世界》因工作仓促粗疏，没有配发插图。这一缺失，已经受到考古学界朋友的批评。比较附有一些插图的此课题阶段性成果《汉代儿童生活》（三秦出版社 2012 年 1 月版），似乎有所退步。我想，完成一种主要以文物画面形象解说秦汉未成年人生活情状的《图说秦汉儿童史》，也许是必要的。此一设想的实践成果，后来以《插图秦汉儿童史》（未来出版社 2020 年 5 月版）形式推出，作为“中国古代儿童史”的第一种面世。

合浦的海气珠光

被称作“银滩”的地方，绝美的沙岸。远看白色潮头一浪一浪地推上前来，细雨浸湿的彩旗依然被劲风扬起，急烈地拂动着。新闻充斥着南国暴雨洪灾的消息。海风得意地推进着万里乌云，扫荡了三伏的暑气。风声挟送几乎横飞的雨滴，好像在问窗前寂寞的远来北客：你在看什么？你在想什么？

我第一次来北海，第一次来合浦，拜谒这处丝绸之路史上声名显赫的出发港。面向窗外的海空，很自然地回想起秦汉帝国的南洋开拓，似乎看到云气雾色之中烈风挟送那两千年前的帆影。

1. 南海名港

二千多年前，对海洋心怀特殊幻想的秦始皇东巡海滨，上泰山时遇暴风雨，但是他来到海上，“昭临朝阳，观望广丽”时，应当是晴好天气。

秦始皇在公元前 221 年实现统一之后，第二年就有向西的巡行。随后，次年又向东走到海滨。他在琅玡（今山东青岛南）居留了三个月，据说“大乐之”，组织了以此为目的地的大规模的移民。并且宣布，这些琅玡新居民享受 12 年不必承担赋税徭役的特殊优遇。远程出巡途中留居三月，是极异常的举动。这也是秦始皇在咸阳以外地方居留最久的记录。而“徙黔首三万户”，达到关中以外移民数量的极点。“复十二岁”的优遇，则是秦史仅见的一例。这种特殊的行政决策，应有特殊的动机。越王勾践曾经迁都于琅邪，这里成为越国后期的政治中心。而越人海上航行方面的强势是众所周知的。琅玡是著名的海港。我们在历史文献中看到，有移民从琅邪前往乐浪的记载。乐浪在朝鲜半岛北部。上古地理知识有关东夷“君子之国”“去琅邪三万里”（《两汉博闻》卷一一引《山海经》）、“亶洲去琅邪万里”（《括地志》引吴人《外国图》）等说法，体现琅邪作为“东海”大港的地位。

在秦始皇视察琅玡7年之后，即秦始皇三十五年（前212），“立石东海上朐界中，以为秦东门”（《史记》卷六《秦始皇本纪》）。在大致今天江苏连云港的位置设立标志，确定为秦的“东门”。这里的空间位置确实在秦都咸阳的正东方向，但是“秦东门”的设定，也许还有其他的意义。似乎秦始皇热切关注“东海”的中心视点，从琅邪向南移动到了“朐”。这可能与秦帝国海岸线的延长有关系。因为“南海”置郡，海岸的中心于是南移。

秦始皇三十七年（前210）最后一次出巡，“上会稽，祭大禹，望于南海，而立石刻颂秦德”（《史记》卷六《秦始皇本纪》）。在浙江绍兴附近望海，我们都知道应当是东海。这里说“望于南海”，有可能体现秦始皇的海洋知识中已经存留了有关“南海”的信息。他以“望于南海”表达了对于帝业成功的充分自信。

秦始皇对于“南海”的认识始于何时呢？《史记》卷六《秦始皇本纪》在秦始皇二十六年（前221）记事内容中已言“南至

北向户”，二十八年（前219）琅邪刻石有“皇帝之土……南尽北户”语，可知向岭南的拓进应当在兼并六国后随即开始。《史记》卷七三《白起王翦列传》的记载：“……平荆地为郡县。因南征百越之君，而王翦子王贲与李信破定燕齐地。秦始皇二十六年，尽并天下。”也就是说，在“秦始皇二十六年”之前，秦军在灭楚之后，随即已经开始“南征百越之君”的军事行动。我们可以认为，秦始皇对于岭南的征服是秦统一战争的重要主题。秦统一的规模其实不限于所谓“六王毕，四海一”（〔唐〕杜牧《阿房宫赋》）指出的对六国的征服。秦的版图扩展至于珠江流域、南海之滨，是超越了原先楚国的行政控制范围的。

根据《秦始皇本纪》的记载，秦始皇三十三年（前214）正式设桂林郡、象郡、南海郡。属于象郡的合浦地方归于秦帝国，开始承纳北方移民迁入，也开始接受中原文化影响。而作为重要的出海口，也向秦帝国的执政者传递了关于“南海”的知识。秦始皇“望于南海”，可以看作对“为桂林、象郡、南海”的炫耀，或许也可以理解为对“南海”世界积极探索的欲望的表露。

《史记》卷一二九《货殖列传》说，岭南地方便于得到“珠玑、犀、瑇瑁、果、布”。《汉书》卷二八下《地理志下》也写道：“（粤地）处近海，多犀、象、毒冒、珠玑、银、铜、果、布之凑，中国往商贾者多取富焉。”看来，合浦等地方海路贸易的优势很早已经得到开发。山东青州西辛战国齐王墓曾经出土来自波斯地区的口沿有埃及文字的裂瓣纹银盒，年代大约在公元前9—前6世纪（国家文物局：《2004年中国重要考古发现》，文物出版社2005年5月版，第77页）。这件文物，有学者称之为“银豆盒”，以为具有“粟特艺术特点”，反映了“草原文化”影响（王云鹏、庄明军：《青州西辛战国墓出土金银器对草原丝绸之路的佐证》，《潍坊学院学报》2012年3期）。也有学者以为这一文物发现“证明了齐国的海外交通范围很广”（周运中：《先秦中国大陆与台湾间的航海新考》，《国家航海》第6辑）。后一种意见应当更符合历史真实。临淄战国古墓还曾经出土来自地中海东岸地区的玻璃珠（淄博市博物馆、齐故城博物馆：《临淄商王墓地》，齐鲁书社1997年5月版，第68页至第69页；参看林梅村：《丝绸之路考古十五讲》，北京大学出版社2006年8月版，第105页）。这些文物资料可以看作反映齐地当时和极遥远的南洋地方已经实现文化沟通的信息。这种沟通，很可能是以航海事业的进步为条件的。南海地方作为外来文化因素进入中原的早期通路，相关信息提供了考察的条件。认识南海大港合浦的开发与繁荣，应当注意南洋航路早期开通的历史。

到了西汉时期，合浦作为南洋航路重要出发港的地位更为明确。班固撰写的《汉书》卷二八下《地理志下》已经明确告知人们，合浦是远航黄支国的出发港，也是东方海上航路上的名港。

2.“合浦珠还”传说

“珠玑”是粤地“近海”之处的特产。“合浦珠”或说“南珠”早已因地方品牌的形成而享有盛名。

宋代诗人程俱颂扬一位官员的仁心德政，使用了“种德久弥芳”、“哀荣动故乡”文句，还借用汉代古典，言“合浦珠还增气象”（《北山集》卷一〇）。另一位宋代诗人陶弼的《合浦还珠亭》诗，直接回顾了汉代循吏孟尝的故事：“合浦珠还旧有名，使君方似古人清。沙中蛤蚌胎常满，潭底蛟龙睡不惊。”（《邕州小集》）《后汉书》卷七六《循吏列传·孟尝》记载，孟尝任合浦太守，当地农耕生产未能充分发展，“郡不产谷实，而海出珠宝”，由于与交阯接境，“常通商贩，贸籴粮食”。此前在合浦任职的地方官员“并多贪秽，诡人采求，不知纪极”，致使珍珠丰产优势逐渐转移到交阯郡地，合浦地方经济因此走向萧条，“于是行旅不至，人物无资，贫者饿死于道”。孟尝到任之后，“革易前敝，求民病利”，不到一年，竟然“去珠复还”，合浦的总体形势明显改善，“百姓皆反其业，商货流通”。孟尝的行政风格所以一时“称为神明”，“珠还”应当是明显的表征。后人所谓“美政新还合浦珠”（〔明〕顾璘：《寿易太守士美》，《山中集》卷三），成为体现深刻历史记忆的千百年历代习用的文化典故。

孟尝后来的故事，因病得到准许回归中原的命令，但是合浦官吏和百姓“攀车请之”，期望挽留。孟尝无法启程，不得已，于是“乃载乡民船夜遁去”。后来他“隐处穷泽，身自耕佣”，成就了“循吏”的模范。关于孟尝的“德”的表现，有介绍说：除“去珠复还”外，“且南海多珍，财产易积，掌握之内，价盈兼金，而尝单身谢病，躬耕垄次，匿景藏采，不扬华藻”。与孟尝“单身谢病，躬耕垄次”对应的，是“南海多珍，财产易积，掌握之内，价盈兼金”的“海出珠宝”的财富优势。类似的多财与清心的对比，又见于《后汉书》卷三一《张堪传》

记述的故事：吴汉军击败公孙述，成都占领之后，蜀郡太守张堪首先入城，他清点库藏，收其珍宝，均仔细列出清单上报，“秋毫无私”。时人赞美道：“公孙述破时，珍宝山积，卷握之物，足富十世”，而张堪离职的时候，乘坐的是“折辕车”，携带的是“布被囊”。唐代学者李贤解释说：“卷握”好比“掌握”，“谓珠玉之类也。”对照上文所引“南海多珍，财产易积，掌握之内，价盈兼金”，这些说法，都强调了“珍”“珠”不过“掌握”“卷握”的数量，就可以“价盈兼金”“足富十世”的惊人价值。

《汉书》卷二八上《地理志上》说，以合浦为出发港，前往南洋的远航贸易，追求的主要目的包括“珠”：“入海市明珠、璧流离、奇石异物，赍黄金杂缯而往。”“珠”的等级和规格较高，“大珠至围二寸以下”。合浦本自盛产“珠”，而又引入外来的“珠”，“入海市明珠”，传入的物资中“大珠至围二寸以下”，“明珠”“大珠”，都指规格等级较高的珍珠。《汉书》卷九六下《西域传下》：“明珠、文甲、通犀、翠羽之珍盈于后宫。”说宫廷高等级消费生活内容，“明珠”居于前列。马援故事“上书谮之者以为前所载还皆明珠、文犀”，指出“明珠”来自南海。《后汉书》卷六一《黄琼传》：“羽毛、齿革、明珠、南金之宝殷满其室。”“羽毛、齿革”都是南国物产，“明珠”也是同样，所谓“南金之宝”尤其明确地指出了这些宝物出产地的方位。

合浦“近海”多“珠玑”可以从两个方面理解。第一，这里是“珠”的重要出产地；第二，这里是海外“明珠”“大珠”进入中国市场的重要通道。

3.“薏苡惑珠”

合浦汉墓出土“薏苡”。这种植物种实具有一定的食疗作用。《后汉书》卷二四《马援传》记载，起初马援在交阯时，经常食用“薏苡实”，据说有益于“轻身省欲，以胜瘴气”。李贤注《后汉书》，引用了《神农本草经》的说法：“薏苡味甘，微寒，主风湿痹下气，除筋骨邪气，久服轻身益气。”由于“南方薏苡实大”，马援“欲以为种”，移植北方，于是回军时“载之一车”。然而因此导致误会。当时人以为马援车载“南土珍怪”，朝中权贵皆瞩目。当时马援受到皇帝恩宠，没有人报告此事。但是马援去世后，“有上书谮之者，以为前所载还，皆明珠文犀”。皇帝震怒，马援妻子家人皆惊惶恐惧，不敢将马援葬入家族墓地，宾客故人也不敢前往吊唁。

《后汉书》卷六四《吴祐传》于是说“昔马援以薏苡兴谤”。这一历史记忆相当深刻。《旧唐书》卷七〇《杜正伦传》“……夫薏苡以谤，士大夫慎之”，《旧唐书》卷一七二《萧廪传》“昔马援以薏苡兴谤”，以及《旧唐书》卷一九〇下《文苑传下·唐次》“薏苡惑珠”，《明史》卷一七八《项忠传》“昔马援薏苡蒙谤”等，都说到马援事迹中“薏苡”曾经被误认为“南土珍怪”导致“谮”“谤”的情形。

薏苡除了具有“主风湿痹下气，除筋骨邪气”的药性，据说“久服轻身益气”，似乎与汉代社会的成仙追求有某种神秘关系。薏苡具有神力，又见于传说时代的故事。据《史记》卷一《五帝本纪》司马贞《索隐》引《礼纬》的说法，禹的母亲修己吞食了薏苡，因而有孕生禹，于是以“姒氏”为姓。《史记》卷二《夏本纪》张守节《正义》引《帝王纪》：“父鲧妻修己，见流星贯昴，梦接意感，又吞神珠薏苡，胸坼而生禹。”裴骃《集解》引《礼纬》也说：“祖以吞薏苡生。”而《帝王纪》“神珠薏苡”的说法，特别值得注意。“神珠”，或许形容薏苡形状圆润，但是也使人联想到“薏苡”与“珠”都属于“南土珍怪”的情形。

4.“璧流离”——神秘的玻璃

《汉志》说，经由合浦的海运物产种类颇多，即所谓“入海市明珠、璧流离、奇石异物，赍黄金杂缯而往”。合浦汉墓出土金饼，使我们联想到“赍金饼”的贸易行为。“杂缯”明确见于文献记载，提示予这条中外文化交流通道以“海上丝绸之路”的定位是准确的。斯里兰卡 Delivala Stupa 遗址出土的一件中国丝绸，年代测定为公元前 2 世纪，即这条丝绸贸易通路的文物实证（查迪玛：《斯里兰卡藏中国古代文物研究——兼谈中斯贸易关系》，山东大学博士学位论文，2011 年）。所谓“璧流璃”，作为外来珍品，为中国上层社会所倾心追求，同时也具有政治文化象征意义。《汉书》卷九六上《西域传上》关于“罽宾”的记述中，说到当地出产“珠玑、珊瑚、虎魄、璧流离”。“珠玑”上文已经说到。“珊瑚”是热带海洋腔肠动物珊瑚虫的石灰质骨骼遗存。“虎魄”就是通常所说的“琥珀”，合浦汉墓多有出土。合浦风门岭 23 号汉墓和盐堆 1 号汉墓出土的琥珀狮子饰件，基于狮子出产地的知识，都可以确定通过南洋海路输入（广西壮族自治区文物工作队、合浦县博物馆：《合浦风门岭汉墓——2003—2005年发掘报告》，科学出版社2006年1月版，第135页）。那么，什么是“璧流离”呢？颜师古注释《汉书》，引录了孟康的说法：“流离，青色如玉。”又说：“《魏略》云：大秦国出赤、白、黑、黄、青、绿、缥、绀、红、紫十种流离。”以为孟康只说“青色”，知识有所局限，“不博通也”。他说，“此盖自然之物，采泽光润，逾于众玉，其色不恒”。指出“璧流离”的光润色泽超过了各种“玉”，只是“其色不恒”，大概是说，其色彩的深沉与恒久，则不如“玉”。又说：“今俗所用，皆销冶石汁，加以众药，灌而为之，尤虚脆不贞，实非真物。”强调“璧流离”的制作加工，采用了高温烧炼方式，又加入多种化学成分。其质量，又有“虚脆不贞”即容易破碎的特点。有人说，“璧流离”就是“琉璃”。宋代学者王观国说，扬雄《羽猎赋》、左思《吴都赋》等言“流离”，“本用‘琉璃’，亦借用‘流离’耳”（《学林》卷五）。孙奕也持这种看法（《示儿篇》卷二〇《字说》）。这种所谓“璧流离”，很可能与外来玻璃器有关。

合浦汉墓出土玻璃器数量很多，样式纷繁，色彩明丽。有些玻璃串珠，在考古报告中或被记录为“琉璃串珠”（广西壮族自治区文物工作队、合浦县博物馆：《合浦风门岭汉墓——2003—2005年发掘报告》，科学出版社2006年1月版，第133页至第134页）。合浦红岭头34号墓出土的湖蓝色玻璃杯、合浦黄泥岗1号墓出土的湖蓝色玻璃杯，文昌塔70号墓出土的淡青色玻璃杯，都是晶莹明澈、华美精致的绝品。有的学者曾经认为，“璧流离”可能是来自印度、阿富汗的绿宝石、蓝宝石、青金石。季羡林说，“璧流离”是梵文的音译，“今天的‘玻璃’就是。”（季羡林：《中印文化交流史》，中国社会科学出版社 2008 年 1 月版，第 17 页）考古学者熊昭明指出，“从合浦汉墓出土的众多玻璃器来看，‘璧流离’应是汉代对玻璃的一种称谓”（熊昭明：《汉代合浦港考古与海上丝绸之路》，文物出版社 2015 年 12 月版，第 59 页）。这样的见解，我们是同意的。

《宋书》卷二九《符瑞下》说到作为祥瑞现象的“璧流离”：“璧流离，王者不隐过则至。”说政治权力的把握者，即“王者”如果“不隐过”，即对自己的“过”即罪过、过失不掩饰，不隐瞒，不否认，则这种异常的祥瑞就会出现。山东嘉祥武氏祠汉代石刻画像资料中也出现“璧流离，王者不隐过则至”的榜题，可知这是汉代已经流行的认识。而图像画面中，“璧流离”显现为“璧”的形象，大概玻璃器具“其色不恒”，不好表现，于是画工依照多数人比较熟悉的“璧”的形式加入到形象史学的信息中。当然也可能石刻的制作者同样“不博通”，没有亲自见识并具体把摩过这种远洋舶来的宝物。

5. 南洋航路上的“蛮夷贾船”

合浦已经发掘的上千座汉代墓葬，出土文物非常丰富。从形制看，均为典型的汉式墓葬。但是随葬品构成，却体现出诸多外来文化元素。除了《汉志》所言“珠玑、珊瑚、虎魄、璧流离”上文已经有所讨论而外，我们还看到合浦凸鬼岭汽齿厂 6 号墓出土的石榴子石狮子饰件，合浦第二毛纺厂 4 号墓出土的石榴子石串饰，合浦北插江 10 号墓、合浦北插江 4 号墓、合浦凸鬼岭汽齿厂 30B 号墓出土的肉红石髓串饰等。合浦风门岭 26 号墓出土的肉红石髓狮子饰件，也应来自南洋。又有玛瑙串饰、戒指、剑璇等。合浦发现的水晶制品，包括白水晶、紫水晶、黄水晶、茶晶等，据考古学者推断也应当来自印度（熊昭明：《汉代合浦港考古与海上丝绸之路》，文物出版社 2015 年 12 月版，第 68 页至第 70 页，第 78 页，第 71 页，第 95 页）。这些文物，使人联想到《汉志》所谓“入海市明珠、璧流离、奇石异物”中与“明珠、璧流离”并列的“奇石异物”。所谓“南海多珍”，应当是包括的这些“奇石异物”的。被称作“钵生莲花器”的文物，出土于合浦风门岭 1 号东汉晚期墓。在合浦三国墓中，同类器物出土 12 件。就现有资料看，这类器物仅发现于合浦。研究者注意到，莲花造型与佛教有密切关系，判断这种器形的发现反映了海洋丝绸之路与佛教传播的关系（熊昭明：《汉代合浦港考古与海上丝绸之路》，文物出版社 2015 年 12 月版，第 141 页）。

除犀角杯、象牙模型、乳香等许多学者以为来自南洋的文物之外，广州汉墓的出土体现南海交通线路畅通的实物证明，又有胡俑托灯形象。合浦寮尾 13B 号墓出土的“胡人俑座灯”性质相同。合浦堂排 1 号墓出土的怀抱印度弓型竖琴的胡人俑，“面相明显是胡人”，但“缠头绾结”似乎表现出“汉式”风格。合浦寮尾 13B 号墓出土的波斯陶壶，是体现海上丝绸之路文化联系作用的典型器物。

《汉书》卷二八上《地理志上》说，从合浦出发的南洋航行，有些船队是非中原人驾驶的，即所谓“蛮夷贾船，转送致之”。

既然称“蛮夷贾船”，则这类商船的主人、船长和水手，应当是外族人。合浦汉代墓葬的主人，是否有来自南洋的“蛮夷”即外族商人和航海家的可能呢？以往发现的合浦汉墓的人骨遗存，考古学者以为不具备进行族属鉴定的条件。或许现今DNA提取和比对技术，可以为学界增进相关认识提供有意义的信息。

丝绸之路的开通和经营，是多民族合作的历史文化成就。便利了中西文化交往的草原东西通路上，有草原民族活跃的身影。“胡商”“胡贾”们促进丝绸之路交通的历史贡献，值得关心经济史、交通史、民族史和文化交流史的人们注意。对南洋航路上“蛮夷贾船”的历史考察，也将获得有意义的发现。

6.“楼船”“伏波”事业

东汉初年，合浦附近地方发生过一次大规模的战争。汉光武帝建武十八年，也就是公元42年的夏季，名将马援受命以伏波将军名义率军平定征侧、征贰武装暴动，又进而南下九真，到达上古时代中原王朝军事力量南进的极点。这次成功的远征，由海陆两道并进。楼船军经海路南下，战争规模、进军效率以及与陆路部队的配合都超过汉武帝时代楼船军浮海击南越、击东越、击朝鲜故事，成为战争史中新的航海记录。南海海面马援军“楼船”“伏波”的成功，有汉武帝时代数次海上远征经验以及不同民族不同身份的南海航行者艰险的海洋探索所提供的技术基础。这一军事行为对合浦地方的震动，应当是强烈的。

西汉帝国的版图在汉武帝时代得以空前扩张。东北征服了朝鲜半岛北部。西南至于云贵。东南则灭南越，建南海、苍梧、郁林、合浦、日南、九真、交趾、儋耳、珠崖九郡，在海南岛首次设置行政管理机构，“合浦”也正式置郡。但是当时最突出的推进在西北方向。河西四郡的设立，使得通往西域地方的道路安全有所保障。1963 年 8 月出土于湖北鄂城的汉镜，铭文可见“宜西北万里”，体现汉代社会对于西北方向特别的关注。“宜西北万里”语，透露出对以“西北”为方向的“万里”行程可能经历艰险的乐观态度。长江流域出土主题涉及“西北”的镜铭文字，反映丝绸之路交通对于当时汉文化风貌之英雄主义与进取精神的积极影响。镜铭文字所见“宜西北万里”前程的“富昌长乐”预想，或许体现了向西北方向的“万里”行旅与社会经济生活的广泛联系。

两汉之际的历史变化有多种迹象。其中，移民方向体现的社会对东南地方的倾心值得注意。通过对公元 2 年和公元 140 年两个户口统计数字的比较可以得知，这 138 年间全国户口数字呈负增长趋势，户数和口数分别为 –20.7% 和 –17.5%。而今天江西、湖南诸郡国的户口却迅速增长。豫章郡（郡治在今江西南昌）户数增长了 502.56%，口数增长了 374.17%。而零陵郡的增长幅度，户数达到 906.5%，口数达到 618.6%。当时，位于今湖南的零陵郡和位于今江西的豫章郡都接纳了大量的南迁人口。这两个地区当时均处于中原向江南大规模移民通道的要冲。

自两汉之际开始的由中原往江南的移民热潮，即所谓“大规模的自发的人口迁移”，“导致中国人口的地理分布在一段时间里出现了南增北减的变化”（石方：《中国人口迁移史稿》，黑龙江人民出版社 1990 年 7 月版，第 147 页），又经历六朝繁华，江南地区逐渐成为全国经济的重心。

对外战略方向的判断和选择，西汉雄主汉武帝和东汉政权的创立者汉光武帝是有所不同的。

汉武帝政治军事的主要关注方向在西北。而刘秀对西北方向的政策有所变化。两汉之际，匈奴嚣张。而莎车王强势，也使得西域局势陷于危局。鄯善王上书请求汉王朝派遣都护，出兵安定西域。刘秀却回答道："今使者、大兵未能得出。如诸国力不从心，东西南北自在也。"（《后汉书》卷八八《西域传》）对于刘秀的答复，清代学者何焯以"坚忍"二字评判（《义门读书记》卷二四《后汉书》）。刘秀对西北方向的危局以"坚忍"态度表现出大政治家的宽怀与镇定，但毕竟透露了对西北经营趋于保守的消极倾向。然而另一方面，对于东南方向的进取，却鲜明地表现出积极的态度。马援远征交阯、九真，正是典型的历史迹象。《后汉书》卷二四《马援传》记载这次军事行为的启动和早期动向："玺书拜援伏波将军，以扶乐侯刘隆为副，督楼船将军段志等南击交阯。军至合浦而志病卒，诏援并将其兵。遂缘海而进，随山刊道千余里。十八年春，军至浪泊上，与贼战，破之，斩首数千级，降者万余人。"楼船将军段志在"军至合浦"时去世，其部众由马援直接统率，全军胜利挺进，"援将楼船大小二千余艘，战士二万余人，进击九真"，最终"峤南悉平"。合浦作为战事发起的重要地点，不仅在军事史上留下威名，在航海史上的地位也因此显赫。

《汉书》卷六《武帝纪》记载汉武帝元封五年（前106）出巡事："五年冬，行南巡狩，至于盛唐"，在九嶷山望祀舜帝，又登天柱山,“自寻阳浮江,亲射蛟江中,获之”。随行船队浩荡,据说“舳舻千里”,“遂北至琅邪,并海,所过礼祠其名山大川。春三月,还至泰山,增封”。武帝出巡,“自寻阳浮江,亲射蛟江中,获之”,其事迹颇类同秦始皇海中“自以连弩候大鱼出射之”,终于“见巨鱼,射杀一鱼”(《史记》卷六《秦始皇本纪》)。汉武帝“夏四月”诏对此“巡狩”行程有所回顾,其中写道:“朕巡荆扬,辑江淮物,会大海气,以合泰山。上天见象,增修封禅。”对于“会大海气”,颜师古注引郑氏语,以为“会大海气”就是“会合海神之气,并祭之”。汉武帝“会大海气”的说法,赋予“大海”崇高的神性,特别值得注意。这篇小文标题使用“海气”字样,借取汉武帝诏文用语,试图使自己的文气,也能够与汉代人的海洋意识与积极面对海外交往的文化理念有所接近。

汉代图书收藏与图书流通

汉代，是文化建设取得辉煌成就的历史时期。纸的发明和普及，对世界文化史形成了重要的影响。图书的搜集，图书的收藏，图书的交换，图书的流通，都有明显的历史性进步。

唐代诗人王涯《宫词》中有这样的诗句："春风摆荡禁花枝，寒食秋千满地时。又落深宫石渠里，尽随流水入龙池。"这里所说的"石渠"，借用了西汉长安城未央宫中石渠阁故事。石渠阁是汉代皇家图书馆。据《三辅黄图》卷六《阁》记录，石渠阁是萧何建造，下有砻石为渠，以此为阁定名。其中收藏了刘邦军入关后萧何收存的秦王朝的档案图籍。汉成帝时，又在这里收藏皇家"秘书"。这里还曾经召开儒学经典研究的学术会议。如《汉书》卷八八《儒林传·施雠》记载："甘露中，与五经诸儒杂论同异于石渠阁。"未央宫中又有另一藏书之处，称"天禄阁"。据说扬雄、刘向都曾经在天禄阁参与整理编校图书文献的工作。石渠阁和天禄阁的位置，都在未央宫前殿的北面，至今犹有地面夯土台基的遗存。唐人权德舆有"风流仕石渠"、"守职正图书"的诗句。此外，刘禹锡诗所谓"石渠甘对图书老"，周朴诗所谓"名自石渠书典籍"，宋人范成大诗所谓"经谊金华省，文采石渠阁"等，也都反映了对于石渠阁的文化作用的历史记忆。元人刘性有《石渠阁赋》，其中写道："藏以石渠之固，镭以金匮之珍。异孔壁之断烂，匪汲冢之怪神。

斯石渠之为阁，彰万代之斯文。”有关“孔壁”“汲冢”的文句，涉及中国古代文化史上的重大发现。唐人李德裕诗“青编尽以汲冢来，科斗皆从鲁室至”说的也是“孔壁”“汲冢”的图书发现。

“汲冢”云云，指晋武帝时代盗墓者发掘战国古墓得到大批古书的事件。由于其中有体现神秘主义色彩的《穆天子传》等古籍，所以说“汲冢之怪神”。而“孔壁之断烂”，则是西汉故事。汉武帝时，鲁恭王为扩建宫室拆毁孔子旧宅，在建筑的夹壁中发现了古文经传多种，其中包括《尚书》《礼记》《春秋》《论语》《孝经》等儒学经典。

在儒学地位空前上升的背景下，汉武帝命令广开献书之路，又设写书官抄写书籍。按照《汉书》卷三〇《艺文志》的说法，汉武帝时代，“建藏书之策，置写书之官，下及诸子传说，皆充秘府”。刘歆《七略》说，当时的藏书机构，“外则有太常、太史、博士之藏，内则有延阁、广内、秘室之府”。说当时集中了相当数量的书籍，外廷有太常、太史、博士等部门的收藏，宫内又有命名为延阁、广内、秘室的书库。汉成帝时，又进一步访求天下遗书，并指令刘向总校诸书。刘向的儿子刘歆继承父业，在校书过程中发现了一些儒学经典的不同底本。他宣布自己发现了古文《春秋左氏传》，还说发现了《礼》三十九篇(《逸礼》)以及《尚书》十六篇(《古文尚书》)。这两种书据说都是鲁恭王坏孔子旧宅时所得到，由孔子十二世孙孔安国献入秘府的。刘歆要求把这些书立于学官，并且与反对这一主张的博士进行激烈的论辩，于是经学中出现了今文经学和古文经学两个流派。唐人崔日知“孔壁采遗篆，周韦考绝编”的诗句，又如元人柳贯诗所谓“孔壁发神秘”，王逢诗所谓“简册潜回孔壁光”，也都是对“孔壁”图书发现的感叹。

中国的古书，历史上也曾经历过多次浩劫，使原有的数量大为减少。最为著名的例子，就是秦始皇时代的“焚书”运动。先秦古籍历经秦火，损失非常严重。一直到西汉前期，儒家学术源流几乎完全断绝。而“孔壁”故事，告诉我们民间图书收藏行为以怎样的文化远见和文化勇气，保存和延续了我们这个古老民族以“文献”为记录形式的文化生命，为后来的文化发展提供了必要的信息储备和建设基础。

汉代的国家藏书，有了确定的制度，而民间图书收藏也有可观的规模。《史记》卷一一七《司马相如列传》记载，司马相如病重，汉武帝吩咐臣下：“司马相如病甚，可往从悉取其书；若不然，后失之矣。”使者前往司马相如家，“而相如已死，家无书。问其妻，对曰：‘长卿固未尝有书也。时时著书，人又取去，即空居。’”这里所说的“家无书”，“未尝有书”，是指司马相如的论著，而并非图书收藏。《后汉书》卷八二下《方术列传下·王和平》记载：“北海王和平，性好道术，自以当仙。济南孙邕少事之，从至京师。会和平病殁，邕因葬之东陶。有书百余卷，药数囊，悉以送之。后弟子夏荣言其尸解，邕乃恨不取其宝书仙药焉。”北海方士王和平由弟子孙邕陪伴前往京师，不幸途中病逝，安葬在东陶。所有图书百余卷，都随葬于墓中。后来听说王和平尸解成仙，孙邕于是悔恨当初不如取其“宝书”以为私有。从王和平出行携带图书多达百余卷，可以推想其收藏文献的数量。

死后随葬图书的情形，在汉代墓葬中多有发现。马王堆三号汉墓出土帛书《老子》《五行》《九主》《经法》《五星占》《刑德》等，山东临沂银雀山汉墓出土竹简《孙子兵法》《孙膑兵法》《尉缭子》《晏子》《六韬》等，河北定州八角廊村 40 号汉墓出土《论语》《文子》《太公》《儒家者言》等，安徽阜阳双古堆 1 号汉墓出土《诗经》《周易》《苍颉篇》《万物》等，甘肃武威磨咀子汉墓出土木简《仪礼》等，湖北江陵张家山 247 号汉墓出土《算数书》《盖庐》《引书》《脉书》等，都是墓主生前极其宝爱，甚至死后仍不愿舍弃的图书珍藏。

《后汉书》卷八四《列女传·陈留董祀妻》说，蔡邕之女蔡文姬"博学有才辩"，曹操曾经询问：听说夫人家藏典籍数量甚多，还能够记忆其内容吗？蔡文姬答道：过去亡父赐书四千多卷，动荡流离，已经全都丧失了，现在能够诵忆的，只有四百余篇了。曹操吩咐派十名文吏记录，被蔡文姬谢绝。她只是请求提供纸笔，"缮书送之，文无遗误"。宋人王安石诗"蔡琰能传业"，李彭诗"传家惟蔡琰"，都称赞了蔡文姬继承父业的事迹。而蔡邕"赐书四千多卷"，应是当时私人藏书数量较多的一例。

汉朝留给我们什么

鲁迅曾经由鉴赏汉代铜镜这样的艺术品，发表过对汉代文化特征的评论。他说：“遥想汉人多少闳放，新来的动植物，即毫不拘忌，来充装饰的花纹。”“汉唐虽也有边患，但魄力究竟雄大，人民具有不至于为异族奴隶的自信心，或者竟毫未想到，绝不介怀。”（鲁迅：《坟·看镜有感》）对于美术风格，鲁迅也曾经说：“惟汉代石刻，气魄深沉雄大，唐人线画，流动如生，倘取入木刻，或可另辟一境界也。”（鲁迅：《书信·1935年9月9日致李桦》）这里所说的“魄力”“气魄”，当然已经不限于艺术，而涉及了文化精神。这位虽不专门治史却对历史有透彻理解的思想家评价中国传统文化时往往多有悲凉感慨，然而他对于汉代民族精神之所谓“豁达闳大之风”的深情赞赏，却以积极肯定的态度，给人们留下了深刻印象。

霍去病墓前的石刻，就表现出这种“闳放”“毫不拘忌”“气魄深沉雄大”。被人们称作“跃马”的石刻作品，可以看作奋进精神的立体写真。石马前足已经离开地面，马身看起来尚在将起未起之间。此外，石刻卧牛形态稳重憨拙，静态之中似乎蕴积着动能。石刻卧虎好像温驯地伏在地面，然而已经具有跃起之势，随时都可以挟强悍雄健之风奔驰勇进。这些石刻作品，都是用看似简单的刀法雕成的。如果不是借助来自特定角度的光线，我们会在无意中忽略若干工匠用心凿刻的刀痕。

霍去病墓前石刻古朴的风格，为什么在后世的作品中很难看到了呢?

这些汉代石刻作品，可以看作当时我们民族的时代精神的反映。当时的汉人，比后来一些历史时期有更多的率真，更多的勇敢，更多的质朴，更多的刚强。而我们国民性中为近代激进学者所深恶痛绝的虚伪与懦弱，曲折与阴暗，在当时还并不明显。有人说，当时是中国文化的少年时代，是有一定道理的。少年的真纯和质朴，正是汉代主流文化风格的特征。

鲁迅用“遥想”两字感叹着汉代和今天的历史距离，其中也表露出对历史过程中文化精华的遗失的遗憾。不过，从汉代到今天，有历史的遗忘，也有文化的继承。我们站在陕西关中这片汉王朝以为政治经济重心地方的黄土地上，可以感受到当时的人们留给我们的文化遗产。这里面，有胜利的光荣，也有思辨的智慧。我们还可以由此体会到和现今仍有几分贴近的浓浓的醇醇的生活情味。

1. 西风残照，汉家陵阙

夕阳渐落，清风徐来。金字塔一般的高大陵冢，在暮色中显现出深沉的轮廓。这时，如果你独立旷原，临风远望，一定会在胸中涌起思古的心潮。也许你会不由自主地吟诵李白词作《忆秦娥》中的名句：“乐游原上清秋节，咸阳古道音尘绝。音尘绝，西风残照，汉家陵阙。”

十三代西汉帝王长眠在这里。坚实的夯土高台，成为帝业的纪念。

我们在帝陵漫步。或许你会在草丛中发现一面汉代的瓦当，上面的文字有可能是“高安万世”，或者是“永奉无疆”。不过，我们知道，这些帝王在高冢之下，实际上很难真的“高安”，也绝不可能享受“永奉”。西汉帝陵几乎都在王莽统治末年的社会大动乱中遭到破坏，有的帝陵在入葬一二十年之后就被盗掘。吕后的尸身，竟然被拖出棺椁，横遭侮辱。1968 年 9 月的一个下午，一个名叫孔忠良的农村孩子在放学回家的路上，竟然在长陵附近一条水渠的泥土中，发现了“皇后之玺”玉印。

李商隐《幽人》诗写道：“星斗同秦分，人烟接汉陵。东流清渭苦，不尽照衰兴。”关中自古形胜第一，这里的漫漫渭水，累累高丘，都见证着历朝的“衰兴”。

虽然陵墓被盗掘，墓室中的财宝已经被洗劫一空，然而高大的封土冢，依然傲视风雨，屹立了两千年。这就像是王冠被击落在地，朝堂上溅染了血污，但是皇帝制度、专制制度，依然顽强地存在着，一直到 20 世纪初年，竟然百代不衰。

秦王朝建立了第一个大一统的高度集权的专制主义政权，但是秦的统治未能长久。随即建立的汉王朝真正使得这种政体巩固强大。曾经在民间广泛流行的儿童蒙学课本《三字经》是这样概括汉朝的历史的：“高祖兴，汉业建，至孝平，王莽篡。光武兴，为东汉，四百年，终于献。”汉朝因汉水得名。刘邦被封到汉中，为汉王。于是后来建立的统一王朝被定名为“汉”。因为汉水地位的尊贵，天上的银河也被称作“汉”。由于北方少数民族将汉族男子也称为“汉”，“汉”后来又成为男子的通称。《北齐书》中已经可以看到“汉”作为男子个体人身称谓的例子。《旧唐书》出现了“好汉”的说法。陆游说，“今人谓贱丈夫曰‘汉子’，盖始于五胡乱华时”。这样的说法，应当是有根据的。

今天，汉长安城的城墙还存在，未央宫前殿高大的台基，仍旧显示着昔日权力中心的威势。一片片的农田，一簇簇的民宅，原本是华堂高阙的废墟。农家儿童告诉我们，断井颓垣之间，曾经出土有“万岁”“无极”“延元万年”“利昌未央”等文字的瓦当。这些当时充满政治自信的豪言壮语，已经被尘土久久掩埋。

汉王朝灭亡了。但是“汉”作为一个民族、一种文化的标志性符号，在世界依然名声响亮。

或许在另一种意义上确实实现了“万岁”和“无极”的，是汉代社会的政治意识在我们民族心理中已经形成了某种观念的定式。比如“大一统”的观念、“盛世”的观念等等。于是，“论史者独取汉、唐混一之事，三国、六朝、五代为非盛世而耻谈之”（《宋史》卷一五六《选举志二》）。人们还会注意到，汉王朝时期形成的国家意识也已经深入人心。《汉书》卷七〇《陈汤传》记载，西汉晚期，甘延寿、陈汤经营西域，克敌立功，有“犯强汉者，虽远必诛”的壮语。这种强烈的国家意识的心理基础，是民族自尊心。

2. 下马陵头草色春

今天西安市碑林区有一条下马陵街。据说，下马陵是西汉大儒董仲舒的葬地，他的学生们每次经过这里都下马步行，所以称作“下马陵”。也有人说，“下马陵”的得名，是因为汉武帝每次经过董仲舒墓，都下马致敬的缘故。宋代学者程大昌《雍录》引李肇《国史补》：“武帝幸宜春苑，每至此下马，时谓之‘下马陵’，岁远讹为‘虾蟆陵’也。”明代正德元年（1506），陕西巡抚王珝在这里建造了董子祠。嘉靖年间，又出现了董子墓。清康熙六年（1667）又扩建了祠堂，并且在门前刻石“下马陵”。

董仲舒的名字在中国文化史上有着特殊的光辉。汉武帝时代，贬斥黄老刑名等百家之言，起用文学儒者至数百人，实现了所谓“罢黜百家，表章《六经》”的历史性转变，儒学之士于是在文化史的舞台上逐渐成为主角。汉武帝即位之初，就大举贤良文学之士。儒学著名学者董仲舒以贤良身份在对策中说，秦王朝灭亡以后，“以吏为师”的流毒至今没有洗刷干净，只单凭“法”和“令”而求得国家治理的成功，是不可能的事。董仲舒指出，汉得天下以来，常常谋求“善治”而至今不可“善治”的原因，就是失之于当“更化”而不“更化”。他强调，要想实现“善治”，就必须在应当“更化”的时候坚定果决地“更化”。他提出“更化”的主张时，特别强调“教化”，也就是意识形态管理的作用。他以为要谋求“善治”，一定应当注重文化体制的调整。他说，“教化大行”，则可以实现“天下和洽”的境界，天下民众都遵守儒学的规范，言行都合乎儒家的“礼”和“道”。

董仲舒文化体制改革理论的核心，是要提高儒学的地位，使儒学成为思想文化的正统。他提出：儒学经典中所提出的，是天地之间的确定的规律，古往今来的共同的原则。但是，现在各家的学说不同，人们的信仰不同，于是当政者无法坚持“一统”的政治理念，以致法制频繁变更，臣民不知所守。他提出，应当禁绝与孔子之术有所不同相异的学说，以求实现思想的统一。

在他看来，文化的“一统”和政治的“一统”是一致的。而前者，又可以为后者奠定深入人心的统治的根基。这样的观点，得到了最高统治集团的认可，于是，在汉武帝时代，完成了“罢黜百家，表章《六经》”的文化体制的转变。这种政策，结束了各派学术思想平等竞争的局面，对于学术思想的自由发展，有限制和遏止的消极作用。但是，这一变革又肯定了“以教为本”，否定了“以法为本”，强调文化教育是“为政之首”，主张“教，政之本也；狱，政之末也”，从而为我们民族重视文化、重视教育的传统的形成，也表现出不宜忽视的积极意义。

宋代学者苏舜钦有《过下马陵》诗，前两句是：“下马陵头草色春，我来怀古一沾巾。”表达了怀古礼贤的心意，主题是对董仲舒和他当时提出的文化政策的纪念。此外，宋人戴复古“下马陵前感慨深”，元人王恽“下马陵前拜秋草”，谢应芳“浇酒林庄下马陵”，明人黎民表“碑在千秋下马陵”，以及金人元好问“千年荆棘龟趺在，会有人寻下马陵”，元人黄溍“时有北人来下马，不知秦树几啼鹃”等诗句，也都从不同角度抒发了对使儒学成为文化正统的董仲舒的深情怀念。

董仲舒的地位始终没有很高。他回到家乡之后，只是修学著书，并不用心于家产经营。宋人石介《安道登茂材异等科》诗写道：“追惜汉武世，仲舒道硗确。”诗句说到汉武帝时代儒学未必占据了压倒其他一切学派的地位。而“硗确”两字，其实也贴切地反映了董仲舒本人始终未曾显达的命运和不平坦的人生道路。

有意思的是，唐人对董仲舒墓的遗存，似乎并没有太多凝重而严肃的敬意。白居易《琵琶引》有“自言本是京城女，家在虾蟆陵下住；十三学得琵琶成，名属教坊第一部”的名句。僧皎然诗：“翠楼春酒虾蟆陵，长安少年皆共矜。纷纷半醉绿槐道，蹀躞花骢骄不胜。”说到“虾蟆陵”时，也不免语句轻薄。这当然和唐代儒学并不一定总是摆出庄严冷穆的面孔有关，或许也反映了普通社会民众心目中的儒学形象，原本有亲近人生的一面。

汉长安城遗址曾经出土的“石渠千秋”瓦当，“仁义自成”瓦当，也都是体现当时文化观念的重要遗存。石渠阁，是汉代宫廷图书档案馆。这里收藏着最丰富的文化精华。《汉书》卷三六《刘向传》和《汉书》卷八八《儒林传》都记载，这里曾经多次举行“讲论五经”，“五经诸儒，杂论同异”的儒学学术辩论活动。汉长安城遗址中未央宫前殿的北面，依然可以看到石渠阁夯土基址的存在。石渠阁遗址夯土台基长 77 米，宽 65 米，高 8.74 米，遍地散布着汉代的砖瓦残片。“仁义自成”四个字，表现出了一种以儒学为根基的文化充实感和文化自信心。

现在仍然有不少学者认为儒学在新的时代依然具有强劲的生命力，甚至有人说，未来的世纪是儒学复兴的世纪。这可能是制作“仁义自成”瓦当的工匠，以及在这瓦当的下面每日往复的王侯官僚们当年完全没有想到的。

3. 高山仰止太史公

陕西韩城的司马迁墓、司马迁祠，东临黄河，西倚梁山，是一处千古文化胜地。经过“汉太史司马祠”牌坊，踏着大石铺砌的“司马坡”而上，又看到一座木牌坊，上面题写“高山仰止”四字。此后坡势愈为急峻，经过山门，看到“河山之阳”砖牌坊，就到达了司马迁祠。

司马迁，字子长，左冯翊夏阳（今陕西韩城西南）人。生年说法不一，一说汉景帝中元五年（前 145），一说汉武帝建元六年（前 135），卒年不可考。司马迁 10 岁开始学习古文书传，20 岁开始游历天下山川，重视探访重要的历史遗迹。此后不久，仕郎中，以汉武帝侍卫和扈从的身份多次随驾出巡，并曾奉命出使巴蜀。汉武帝元封三年（前 108），继承其父司马谈之职，任太史令。

在汉武帝时代，史学的学术性成就的顶峰，就是司马迁完成的《史记》一书。

《史记》是西汉时期最伟大的文化创造之一。《史记》全书 130 卷，是一部上起传说时代的黄帝，下迄汉武帝时代的中国通史。作为史学著作，其内容之完整，结构之周密，在历史上是空前的。《史记》以人物《纪》、《传》为主，辅以《表》、《书》，合编年、纪事诸史书文体之长，创造了史书的纪传体新体裁。这种史书体裁对于记载专制时代的历史，形式最为优越，于是成为此后二千年王朝正史编纂形式的规范。

太史令司马迁曾经参与主持制定新的历法。新制定的《太初历》虽然只使用了189年就被《四分历》代替，但是《太初历》以正月为岁首，也就是一年中的开头的制度，后来一直沿袭。此后，司马迁开始撰写《史记》。天汉二年（前99），李陵在对匈奴的战争中兵败投降，司马迁为李陵辩护，触怒汉武帝，下狱受腐刑。获释后为中书令，忍辱发愤，完成了《史记》一书的撰著。《史记》这部历史名著以文化内涵之宏大和历史眼光之阔远，久已受到学人的重视。历史学家翦伯赞曾经这样说，与一般“以个人为中心的历史”不同，《史记》“是一部以社会为中心的历史”。“司马迁不仅替皇帝写本纪，也替失败的英雄项羽写本纪；不仅替贵族写世家，也替叛乱的首领陈涉写世家；不仅替官僚写列传，也替秦汉时代的哲学家、文学家、商人、地主以及社会的游浪之群如日者、游侠、滑稽写为列传。他几乎注意到历史上的社会之每一个阶层，每一个角落，每一个方面的动态，而皆予以具体而生动的描写。”他于是评价：“我以为《史记》是中国第一部大规模的社会史。”（翦伯赞：《中国史纲》，大孚出版公司1947年版，第2卷第656页）在汉代形成的这种史学精神，后来一直为人们所继承。

《史记》在中国文化史上占据着重要的地位。历代评价所谓“贯穿经传，驰骋古今”（《汉书》卷六二《司马迁传》），“其文疏荡，颇有奇气”（苏辙：《上枢密韩太尉书》），“深于《诗》者也”，“千古之至文”（章学诚：《文史通义·内篇五·史德》），“《五经》之橐籥，群史之领袖”（崔适：《史记探源》卷一《序证·要略》），“史家之绝唱，无韵之《离骚》”（鲁迅：《汉文学史纲要》）等，都说明在作为中国传统文化主体内容的“文”“史”之中，

《史记》久已具有标范性的影响。

《史记》的宝贵价值，首先体现于在当时的文化基点上，能够真实地、完整地描绘出社会历史的各个层面。

司马迁在记述政治史的同时，对于经济史、文化史和社会生活史等，也在《史记》中给予生动的记述。与帝王将相等政治活动家同样，学者、商贾、医生、游侠、农民领袖等人物的事迹也受到重视。在司马迁笔下，游侠的侠义精神得到赞美，酷吏的残暴行径有所揭露，项羽和秦始皇、汉高祖一同列入本纪，农民领袖陈胜和诸侯一同列入世家。司马迁在颂扬汉武帝的功绩的同时，又曾经于《史记》卷一二〇《汲郑列传》中责备他“内多欲而外施仁义”。由于持这种背离传统的富于批判精神的历史态度，《史记》曾经被王允称为“谤书”，被王夫之称作“谤史”。

司马迁的《史记》不仅因丰富的历史记载得到重视，其中张扬的人文精神，也给后来的中国人留下了宝贵的文化遗产。

4. 井灶那复移，江山依旧碧

宋人徐俯有一首访古的诗作，其中一句“井灶那复移，江山依旧碧”，是说历史在变化，而自然的秩序以及家园和故居却依然如旧。如果我们适当地转换文意，借用来表述这样的意思，可能也是适宜的：人们的日常生活与王朝的更迭相比，也是长期“依旧”，千载不“移”。

你如果寻访陕西关中地区的普通农家，会发现许多民户中都有几件汉代的文物，比如砖瓦、钱币、陶器等等。我们在乡间惊异地发现，像陶罐、陶盆一类汉墓中出土的日常器具，有些现在还被使用着。有些人家的厕所或者猪圈，竟然是用汉代的画像砖垒砌的。

汉代的墓葬里，普遍出土随葬的陶井、陶灶、陶仓等模型，表现出当时民户的基本生活样式。这种风格的生活，其实直到两千年之后，依然为中国农人继承着。这固然反映了中国社会进步的缓慢，然而也说明了汉代人生活样式的合理性。就陕西的陕北地区和关中地区而言，在以黄土为基本地理环境特征的生活条件下，人们长期使用着用这黄土加上水和火制作的器物，继承着古久的传统。

陕北出土汉画像石中反映农耕生产的画面中，耕作的技术已经相当成熟。关中许多汉代墓葬和遗址中出土的农具，比如铁铧等等，也体现出农耕生产的基本方式直到近代，没有太大的变化。近代中国的农人依旧扶着和汉朝大略相同的犁，赶着和汉朝大略相同的车，住着和汉朝大略相同的屋舍，吃着和汉朝大略相同的饭食……面对这样的事实，你想，我们在回答“汉朝留给我们什么”这样的问题时，怎么能够忘记汉朝人在物质生产和物质生活方面的平凡而卓越的创造呢？

通过物质形式的文化继承关系，还可以体会到精神形式的文化继承关系。比如说，汉代人制作和使用的器具的型式，后来的人们依然在制作着，使用着，这是不是可以说，汉代人的审美意识也形成了长久的历史影响呢？

汉墓普遍随葬陶仓模型的风习，是值得注意的。汉武帝时代开始统一币制，由国家铸钱。所铸造的是有“五铢”两个字的五铢钱。汉墓中往往随葬五铢钱也体现了当时人有关创造财富和积蓄财富的意识。手抚着这些锈蚀斑斑的铜钱，你会想到什么？

汉长安城遗址曾经采集到“富贵”“严氏富贵”“万岁宜富安世”“千万岁富贵宜子孙”文字瓦当。陕西淳化汉甘泉宫遗址董家村和凉武帝村都曾经采集到“千金宜富贵当”文字瓦当。陕西华县汉京师仓遗址出土“大富”文字瓦当。西安南郊春临村曾经采集到“富贵毋央”文字瓦当。西安灞桥乡曾经采集到“并是富贵”文字瓦当。陕西耀县独家村曾经采集到“宜富昌”“富贵昌”“大富吉”文字瓦当。陕西渭南辛市乡大夫张村采集到“日乐富昌”文字瓦当。陕西安康市文管会收藏的“富贵万岁”文字瓦当，陕西兴平曾经出土的“宜钱金当”文字瓦当，陕西省考古研究所收藏的“日入百千万”铜洗，也都可以看作反映同样文化信息的资料。这些文字毫不掩饰对富贵、对金钱的炽烈的追求。这种热望，其实是历代人们共同的心理，只是汉代人表露得更为直接，更为坦然，更为心安理得、理直气壮罢了。也许，这种公开的求富心理，也是当时时代精神的特征之一呢。

5. 长相思，毋相忘

汉代人渴望物质的富有，同时也期求着情感的富有。

汉代铜镜的铭文中，常常可以看到“长相思”的字样。

比如“愿长相思”，“愿长相思，幸毋见忘”，“大乐未央，长相思，愿毋相忘”，“常贵富，乐未央，长相思，不相忘”，都是常见的汉镜铭文。

陕西扶风太白乡良峪唐家沟 1974 年征集的一面汉镜，铭文写道："常贵富乐未央长相思毋相忘。"

我们还看到一面这样的西汉铜镜，内圈铭文为"君有行，妾有忧，行有日，反无期，愿君强饭多勉之，印天大息长相思，毋久"，外圈铭文为"长相思，毋相忘，常贵富，乐未央"。内圈文字似乎还没有结句，大意是丈夫外出，妻子在家思念，心中担忧，出行已经有了一些日子了，却回归无期。她希望丈夫在外能够注意保养，健康平安，自己的"长相思"之情无以远寄，只能仰天太息而已。内圈文字告诉我们，当时人们有时甚至是把"长相思"的情感，放置在"贵富"或者"富贵"之前的。

汉镜铭文中的"长相思"寄意，其实是后世闺情诗的滥觞。其中情感的纯挚和执着，通过没有加以粉饰的简单的语句也得到了真切的表达。

《太平御览》卷五九五记录了一首古诗："客从远方来，遗我双鲤鱼。呼童烹鲤鱼，中有尺素书。长跪读素书，书中意何如？上言加餐饭，下言长相思。"说有客人来自远方，带来了两条鲤鱼。吩咐童子烹鱼，发现鱼腹中有写在素帛上的书信。恭敬地拜读来信，信里写到了什么呢？上一句说"加餐饭"，下一句说"长相思"。可见，"长相思"，是当时人们使用相当普遍的语汇，也寄寓了一种共同的情感祝福。"上言加餐饭，下言长相思"的诗句，正和我们前面说到的汉镜铭文"愿君强饭多勉之，印天大息长相思"语意一致。还有这样的汉诗，写道："客从远方来，遗我一书札。上言长相思，下言久别离。"又如："客从远方来，遗我一端绮。相去万余里，故人心尚尔。文采双鸳鸯，截为合欢被；著以长相思，缘以结不解。”这里的“长相思”，指丝绵絮，取“丝”“思”谐音，“长”“绵”同义。这可能是中国古代巧妙地利用语音文字技巧以表述深情的比较早的例证了。

后人仿拟李陵和苏武诗作中，有这样一首，第一句是“结发为夫妻，恩爱两不疑”，最后一句是“生当复来归，死当长相思”。虽然是后人作品，作者却了解汉代人习用“长相思”一语。然而说死后依然“长相思”，意境又进了一步。

汉长安城遗址出土了两面“延寿长相思”文字瓦当，一件面径 18.5 厘米，一件面径 20 厘米。“延寿长相思”当然要比“死当长相思”好得多。甘泉宫遗址城前头村采集到两面“长毋相忘”文字瓦当，一件面径 15 厘米，一件面径 15.5 厘米。这些遗存，可能帮助我们理解汉代人的心理。看来“长相思，毋相忘”的追求，民间和宫廷中都是一样的。这样的情感，世代相继，直到现今，依然在社会生活中有浓浓的醇醇的遗留。汉代人向往的“长相思”，是说“长”到一生一世。然而中国社会对“长相思”情感的继承，却“长”到了百代千古。这就是历史。情感史体现的社会历史特征，是真实的，也是生动多彩的。

汉代的“达人”

社会通行的称谓，有的有悠久的历史，有古远的渊源。不过，因时代的演进，同一称谓的指代对象和文化意义在历史上可能有所变异。正如《史通·称谓》所说：“古往今来，名目各异。区分壤隔，称谓不同。”“达人”称谓就是如此。

“达人”作为社会称谓，很早就已经出现。《左传·昭公七年》记录了鲁国贵族孟僖子推崇“礼”的一段话，其中称孔子为“达人”。他说：“礼，人之干也。无礼，无以立。吾闻将有达者曰孔丘，圣人之后也。”他追溯了孔子家族的光荣，又引了臧叔纥的话：“圣人有明德者，若不当世，其后必有达人。”孟僖子说：“今其将在孔丘乎？”他判断孔子就将成为这样的“达人”，于是让自己的儿子从孔子学礼，“使事之而学礼焉，以定其位”。认为这样才能维护自己家族的权势利益。孟僖子传播了一些人“将有达者曰孔丘”的预测。臧叔纥所谓“圣人”如不当世，其后代必有“达人”的说法，可以说是“达人”称谓比较早的记录。“达人”虽然不是“圣人”，却和“圣人”有某种颇相亲近的关联。

臧叔纥认为“达人”的出现和“明德”的理念有一定关系。可以说明早期“达人”称谓的语义与“德”有关的另一个例证，是《列子·杨朱》说到的孔子学生子贡的后代端木叔的故事。端木叔是卫国人，子贡的后世。“家累万金。不治世故，放意所好。”段干木听说了他的事迹，评价道：“端木叔，达人也，德过其祖矣。”段干木虽然肯定端木叔“德过其祖”，但是文献记载所见对他的直接表扬，说的则是“不治世故，放意所好”这种豪放豁达的生活态度。后来《世说新语·任诞》有“自达”的说法，刘孝标的解释引录了晋人裴启的《语林》，称“达而不拘”。所谓“不拘”，在有的历史时期可能是“达人”的标志性品格。

汉代人说到“达人”的一个典型的例子，见于一位才华特异的人物撰写的文采特异的文章。这就是贾谊的《鹏鸟赋》。贾谊是西汉文帝时的政论家、思想家。公元前201年，贾谊生于洛阳。18岁时，就以熟读诗书，善属文章闻名。后来被河南守吴公召致门下。汉文帝即位后，因吴公的推荐，贾谊得任为博士。贾谊当时不过20余岁，是朝中最年轻的博士。“每诏令议下，诸老先生不能言，贾生尽为之对，人人各如其意所欲出。诸生于是乃以为能，不及也。”于是被破格提拔为太中大夫。汉文帝十分赏识贾谊的识见，曾经准备任贾谊为公卿，但是因为周勃、灌婴等老臣的反对，未能实现。随后任贾谊为长沙王太傅。贾谊在长沙著《鹏鸟赋》，发抒内心的怨郁哀伤。汉文帝思念贾谊，又曾特地召见，问事于宣室殿，君臣畅谈至夜半。后来贾谊在梁怀王太傅任上因梁怀王坠马而死，自伤失职，不久也悲郁去世，年仅33岁（《史记》卷八四《屈原贾生列传》）。贾谊《鹏鸟赋》写道：“小智自私，贱彼贵我；达人大观，物亡不可。”这是根据《汉书》卷四八《贾谊传》的记载，《史记》卷八四《屈原贾生列传》则写作：“小知自私兮，贱彼贵我；通人大观兮，物无不可。”可见，在当时人看来，“达人”和

“通人”的意思是大体相近的，都是说通达之士。“达”就是“通”，是汉代语言文字学常识。《仪礼·士昏礼》“下达纳采”，郑玄的解释就是“达，通也”。那么什么是“大观”呢？大致是说视野广阔、眼光远大。《鹖冠子·世兵》关于吴王夫差、越王勾践“失反为得，成反为败”的故事所谓“达人大观，乃见其可”，就是这样的意思。王充《论衡·知实》说到的“达视遥见，以审其实”，也可以帮助我们理解“达人大观”的意义。

与“小智”和“达人”的对照同样，我们读《鹏鸟赋》，还可以通过“贪夫”和“烈士”的对照，“怵迫之徒”和“大人”的对照，“拘士”和“至人”的对照，“众人”和“真人”的对照，体会贾谊所期许的“达人”，有不“贪”、不“拘”、不“怵迫”（按照《史记》裴骃《集解》引孟康的解释，“怵，为利所诱也；迫，迫贫贱，东西趋利也”）、不与“众人”混同而流于平庸的品格。以贾谊对“拘士”的否定联系前引裴启《语林》推崇的“达而不拘”，有益于我们认识“达人”的精神境界。

《淮南子·俶真》说到不同人等为学的差异：“圣人之学也，欲以返性于初，而游心于虚也。达人之学也，欲以通性于辽廓，而觉于寂漠也。若夫俗世之学也则不然，握德性，内愁五藏，外劳耳目，乃始招蛲振缱物之豪芒，摇消掉捎仁义礼乐，暴行越智于天下，以招号名声于世。此我所羞而不为也。”其中分说“圣人之学”“达人之学”和“俗世之学”，形成了三个等级。所谓“达人之学”较“俗世之学”明智高尚，但是与“圣人之学”又不在一个层次上。这与《左传》里看到的称孔子为“达人”的评断显然有所不同。似乎“达人”的品级下移了，或许也可以说“达人”称谓所指代的人群层面更扩大了。

如果讨论对于“达人之学”或者说“学”之“达人”的社会认识，《三国志》卷四二《蜀书·郤正传》载录郤正的文章《释讥》也有相关信息。其中有关功名的两种观点的争论，主张积极进取的意见涉及“达人”。论者强调“身没名灭，君子所耻”的理念，又说：“是以达人研道，探赜索微，观天运之符表，考人事之盛衰，辩者驰说，智者应机，谋夫演略，武士奋威，云合雾集，风激电飞，量时揆宜，用取世资，小屈大申，存公忽私，虽尺枉而寻直，终扬光以发辉也。”在这里，“达人”和“辩者”“智者”“谋夫”“武士”并列，言行表现出积极奋争，志在立功显名的人生态度。郤正回应了站在这种文化立场上对自己的“讥”，表示要坚持似乎更明智的“超然高举”、“循性乐天”的处世方式。不过，他对于“达人研道，探赜索微，观天运之符表，考人事之盛衰”的努力，也许并没有贬斥之意。

《艺文类聚》卷五六引后汉班彪《悼离骚》说：“惟达人进止得时，行以遂伸，否则诎而坼蠖，体龙虵以幽潜。”所谓“达人进止得时”，表现出高超的人生智慧。班彪的儿子班固完成了《汉书》，成为著名的史学大家。《后汉书》卷四〇《班固传》列举班固的著作，说到《应讥》。可是班固所著《应讥》，我们今天已经无法看到。篇名相同者有《艺文类聚》卷二五所引录陈琳的《应讥》，这篇文字在《汉魏六朝百三家集》中列在“设难”一类中，应当与郤正的《释讥》性质相关。陈琳《应讥》也出现“达人”字样：“达人君子，必相时以立功，必揆宜以处事。”此说“达人”“立功”，与郤正《释讥》“达人研道”显然不同。

东汉晚期，“达人”的出现比较密集。所谓“月旦评”形式与士人阶层对风誉的普遍追求，可能是这一现象的文化背景。后来在中国民间被看作智慧化身的诸葛亮，就被称作“达人”。《艺文类聚》卷六四引晋习凿齿《诸葛武侯宅铭》对他有“达人有作，振此颓风”的高度赞美。然而从当时的形势看，“达人”名世，其实恰与“颓风”有关。汉末又有一位“达人”，就是《三国志》卷一一《魏书·王烈传》裴松之注引《先贤行状》称美“通识达道，秉义不回”，“器业过人”的王烈。此人虽说“英名著于海内”，当然与诸葛亮的时代影响不能相比，但是有关他的故事却相当生动。据说王烈注重民间教育，“诲之以道，使之从善远恶”。时国中有盗牛者，被牛的主人捕获。盗者说：我偶然迷惑，今后将为改过，这件事千万不要让王烈知道。有人却告知王烈。王烈赠送给这位盗牛者一匹布。有人对此不能理解。王烈解释说：“昔秦穆公，人盗其骏马食之，乃赐之酒。盗者不爱其死，以救穆公之难。今此盗人能悔其过，惧吾闻之，是知耻恶。知耻恶，则善心将生，故与布劝为善也。”不久，有行路老父担重，遇人“代担行数十里”。后来“老父复行，失剑于路”。有人行道途中得到了这柄剑，心想如果放置在路上，担心后人得之，剑主于是永远无从寻找，于是在现场耐心等候失主。直到日暮，失剑老父回来寻找，看到守剑者就是此前“代担”之人。老父深心感动，“揽其袂，问曰：‘子前者代吾担，不得姓名，今子复守吾剑于路，未有若子之仁，请子告吾姓名，吾将以告王烈。’”后来老父果然告知王烈。王烈说：“世有仁人，吾未之见。”派人查找，这位“仁人”，竟然是“昔时盗牛人也”。

《太平御览》卷九〇〇引《先贤行状》记录了王烈这一故事，又有对他“通识达人”的评价。正是在王烈这样的“达人”的道德感召下，使得民间“仁人”出现。

稽康生活在汉魏之际。他坚持与当政的司马氏集团划清界限，拒绝出仕。并因此与举荐自己代任尚书吏部郎，原先同为“竹林七贤”成员的山涛绝交。他在宣布这一决定的著名书信《与山巨源绝交书》不多的篇幅中两次使用了“达人”称谓。嵇康写道：“性有所不堪，真不可强。今空语同知有达人，无所不堪，外不殊俗，而内不失正，与一世同其波流，而悔吝不生耳。”他坚持这样的原则，即秉性不能接受者，绝不可勉强。嵇康认为，如果都说有这样的“达人”，什么都可以承受，能够认同俗流，又坚守正心，能追逐世风，又坦然自安，这一定是空谈虚语。嵇康接着说：“老子、庄周，吾之师也，亲居贱职。柳下惠、东方朔，达人也，安乎卑位。吾岂敢短之哉！又仲尼兼爱，不羞执鞭；子文无欲卿相，而三登令尹。是乃君子思济物之意也。”这里说到“柳下惠、东方朔，达人也”，他们在嵇康心目中的位次，当与“老子、庄周，吾之师也”不同，然而也与被称为“君子”的“仲尼”、“子文”有异。嵇康说：“以此观之，故尧舜之君世，许由之岩栖，子房之佐汉，接舆之行歌，其揆一也。仰瞻数君，可谓能遂其志者也。故君子百行，殊途而同致，循性而动，各附所安。故有处朝廷而不出，入山林而不反之论。”（《文选》卷四三）对于“处朝廷”还是“入山林”，嵇康各有宽容的理解，但是坚持应当“循性而动，各附所安”，尊重各人的自然和自由。通过嵇康所使用的“达人”这一语汇，可以了解汉王朝终结时代的相关社会认识。

我们还注意到，嵇康本人，也曾经被称作“达人”。《太平御览》卷五九六袁宏友李氏《吊嵇中散》写道：“慨达人之获讥，悼高范之莫全。凌清风以三叹，抚丝桐而怅焉。”文中称致使嵇康被杀害的钟会，是“天下之恶人也”。“达人”和“恶人”，在一个特殊的情境中作为对应身份出现。

同样生活在汉末，与前说陈琳一起名列“建安七子”的徐幹，在《中论·贵言》强调珍惜言语的主张。他以为不同人等因道德等级和知识等级相差悬殊，则没有必要进行对话。论者指出：“君子必贵其言。贵其言则尊其身，尊其身则重其道，重其道所以立其教。”如果相反，“言费则身贱，身贱则道轻，道轻则教废”。所以，“君子非其人则弗与之言”。在讲述这一观点时，徐幹提出了“达人”和“俗士”不必进行交流和辩说的意见。他写道：“夫俗士之牵达人也，犹鹑鸟之欺孺子也。鹑鸟之性善，近人飞，不峻也，不速也，蹲蹲然似若将可获也，卒至乎不可获。是孺子之所以膝踠足，而不以为弊也。俗士之与达人言也，受之虽不肯，拒之则无说。然而有赞焉，有和焉，若将可寤，卒至乎不可寤。”他说，如果不懂得“俗士”无法真正说服的道理，坚持要和“俗士”艰难讨论的“达人”，是“达人”中间的糊涂人，不是“达人”中间的聪明人。“是达人之所以干唇竭声而不舍也。斯人也，固达之蔽者也，非达之达者也。”在徐幹的笔下，“达人”和“俗士”的对立至于如此不能相容的地步，是令人惊异的。如果“达人”面对“俗士”不能“贵其言”，出现所谓“言费”情形，则会致使“身贱”“道轻”“教废”，使自己的“达人”资质遭受损害。

汉末作为社会称谓的“达人”，通常的涵义大约是指有地位、有身份、有影响、有名望的人。一位于天文占相“无不精微”，作卦预卜“其言皆验”的“异才”方士管辂，在一位退职返乡的官员王经来访，就他卜筮的可信程度“有疑难之言”时这样说：“君侯州里达人，何言之鄙！”由王经的身份，可以知道当时“达人”称谓的涵义。《三国志》卷二六《魏书·方技传·管辂传》裴松之注引《辂别传》关于这一故事的记载，还保留了管辂对答的更多的内容。他追怀“伏羲作八卦，周文王三百八十四爻，而天下治”的古久的历史，又说民间卜者治患救死，“事或以成”的事实，表示：“苟道之明，圣贤不让，况吾小人，敢以为难！”尊称对方“达人”和自谦谓“吾小人”，两种称谓的强烈对比，值得我们注意。

管辂这里所说的高踞于“小人”之上的“达人”的“达”，推想已经隐约有显达的意思。《孟子·尽心上》所谓“达则兼善天下”，对应“穷则独善其身”。“达”与“穷”形成相反的人生境遇。前引班彪《悼离骚》也有“圣哲之有穷达，亦命之故也”的说法。嵇康《与山巨源绝交书》所谓“所谓达能兼善而不渝，穷则自得而无闷”，其中“达”的涵义，也值得思考。但是汉代“达人”称谓的“达”的涵义，并不宜与“穷”“达”的“达”完全划等号。

《说苑·杂言》对孔子的一段言论进行了介绍和宣传：“孔子曰：‘夫富而能富人者，欲贫而不可得也。贵而能贵人者，欲贱而不可得也。达而能达人者，欲穷而不可得也。’”这里表扬了道德高尚的富人、贵人和达人。显达者能够使别人也显达的，这就是所谓“达而能达人”。他即使想要穷困，也是不可能实现的。这里“达”和“穷”形成对立面，又是与“富”和“贵”作为同一等级的人生成功的表现的。《潜夫论·德化》：“己欲立而立人，己欲达而达人。”“达人”作为动宾词组，也有相近的意思。“达人”取使别人“达”这一语义的，还有《说苑·谈丛》的说法：“因时易以为仁，因道易以达人。”“达人”在这里与“为仁”并说。

汉代“达人”称谓通常指代通识者、明智者、成功者。大致在更晚近的时代，“达人”这种人称符号似乎又有了特别重视名誉层次，即俗说出风头、得风光的意思。唐诗所见卢照邻“洁其身也，禀君子达人之高行”句（《在狱咏蝉》，《唐诗镜》卷三），权德舆“曲士守文墨，达人随性情”句（《广陵诗》，《全唐诗》卷三二八），孟郊“达人识元化，变愁为高歌”句（《达士》，《全唐诗》卷三七三）等，都可以说依然继承了古意。然而储光羲“善听在知己，扬光唯达人”（《秦中初霁献给事二首》之二，《全唐诗》卷一三七）以及卢纶“始悟达人志，患名非患贫”（《酬孙侍御春日见寄》，《全唐诗》卷二七七）等诗句所见对于“名”的追求，对于“扬光”的追求，似乎体现时人对“达人”品格的理解发生了变化。“达人”在某种意义上已经成为一种虚荣标志，这正是前引《淮南子》言“俗世之学”之所谓“以招号名声于世”，与汉代“达人”风范是有所不同的。虽然前引郤正《释讥》关于“达人”的文化品质也说到“身没名灭，君子所耻”，但是对于“名”的迷恋如果超越常限，自然会完全背离汉代“达人”的人生原则。

汉代官员的“私书”

汉代驿制的完备和成熟保障了政令传递的条件，管理方式的同一，也使得社会机体增生活力，于是可以看作政治文化进步的表现。汉代民间通信有利用驿传系统的情形。官员作为社会成员，自然也有类似条件。然而权力优势在占用交通工具、交通动力、交通管理制度其他方面条件的方便，使得公共资源受到一定侵害。而官吏利用书信实现的具有政治色彩的“交通”，是高层执政集团保持高度警觉，并且予以严厉禁止的。

1. 驿送私书情形

湖北云梦睡虎地 4 号秦墓出土了两件木牍家信。这是我国迄今发现最早的私人书信的实物。11 号木牍是在淮阳作战的军人“黑夫”和“惊”问候家人亲友安好并索要夏衣和钱的书信。信中写道：“黑夫等直佐淮阳，攻反城久。”涉及作战地点和任务。6 号木牍是“惊”写给“衷”的书信。在问候之后，也提出了钱物请求。其中有关“新地城多空不实者”以及“惊居反城中”等文字，也透露了军情。“黑夫”和“惊”发出家信的淮阳，也就是今河南淮阳，距秦牍出土地点湖北云梦约 430 公里。这两件木牍家信的传递方式，是我们应当考察的。

居延汉简中也有私信遗札。例如，著名的曹宣致幼孙的书信，就是汉代私书的标本。信中书写的内容，涉及“塞上”“治所”“发卒”以及“行兵使者”是否“到”等边地军情。这封典型的汉代书信，大约是通过“因使奉书”的形式来邮递的。发信人因为有到候官处理公事的便利，利用了候官的交通条件。曹宣写的另一封书信，寄给与他相距40余里的董房、冯存“二卿”。曹宣希望对方能够多通书信，“时时数寄记书相问音声意中快也”。书信传递方式，是“第六隧卒杜程、李侯常得奏都仓”。戍区相近，可以“时时数寄记书相问音声”。居延书信简中又可以看到所谓“道远数寄书”的文辞（E.P.T53:19）。居延大湾出土的一件帛书私信中，也有“数寄书”，“来者数寄书”诸语，随书信送递的，有“米”“肉”等生活消费品（乙附51）。这封书信是答谢对方“厚遗信”问候而借“□御史之长安”的机会致送礼品的附信，礼品有“野羊脯”等，“以小笥盛之”。居延汉简中还可以看到寄送衣物之例。大概直接或间接地利用驿传条件的便利转递书信，是军政系统通常的情形。私情和私物由此送达，也是自然情态。

南朝宋人盛弘之《荆州记》，记录了这样一个广为人知的故事：陆凯“自江南寄梅花”“诣长安”与范晔，赠诗写道：“折花逢驿使，寄与陇头人。江南无所有，聊寄一枝春。”后来“驿使梅花”“驿寄梅花”成为人们熟用之典。“驿”所传递的信息，已经超越了具体的物质等级，提升了浅层次的思念，具有了情趣沟通的意义。后人诗句“谁道江梅驿信迟”（〔金〕刘仲尹《梅》），“信断江南望驿尘”（〔元〕耶律楚材《过覃怀二绝》），“驿骑梅花岭路春”（〔明〕刘夏《交阯范师孟赠回京》），“三春过半，半付邮亭和驿馆”（〔清〕陈维崧《减字木兰花·上巳后一日途次洧川》）等，都借“驿”和“梅花”的美好关联，颂扬人际间如春意一般的友情。通信双方有可能因此实现较高境界的“意中快也”。因此也有称驿站为“梅驿”或“梅花驿”的。唐诗中已经多有名句说到“驿使”传递信息以及实物。如李白《子夜吴歌四首》其四：“明朝驿使发，一夜絮征袍。素手抽针冷，那堪把剪刀。裁缝寄远道，几日到临洮。”韦应物《突厥三台》诗也说驿使“送征衣”事。这些都使我们联想到秦牍索求衣物的私人书信由“驿”传递的可能。

2. 陈遵“治私书”“数百封”故事

一般情况下，官员以其优越的社会地位，也占有了较便利的通信条件。他们的私书借公文传递系统转送的情形非常普遍。《汉书》卷九二《游侠传·陈遵》说：“王莽素奇遵材，在位多称誉者，繇是起为河南太守。既至官，当遣从史西，召善书吏十人于前，治私书谢京师故人。遵冯几，口占书吏，且省官事，书数百封，亲疏各有意，河南大惊。”陈遵一次即“治私书”“数百封”，致使“河南大惊”。这是利用“当遣从史西”的机会，“治私书谢京师故人”。“私书”由西行“从史”传递，明确可知是利用了驿传交通条件的。所以致使“大惊”，是国家交通资源过度滥用的缘故。陈遵“召善书吏十人于前，治私书”，以及“从史”在纸尚未普及的情况下携带“数百封”书信“西”行的情形，成为中国书信史中的奇异情景。

官场的“私书”，多有“请托”内容。这种“私书”，被发觉即往往治罪，严重者甚至判决死刑。《后汉书》卷三四《梁松传》记述与梁敞子“交通”的张俊事迹：“松数为私书请托郡县，二年，发觉免官。”“私书”通过官驿传递，可能是容易被发觉举报的原因。《汉书》卷九三《佞幸传·石显》说到“郑令苏建得显私书，奏之”。《后汉书》卷四五《袁敞传》又记述张俊与袁敞子“交通”的情形：“郎朱济、丁盛立行不修，俊欲举奏之，二人闻，恐，因郎陈重、雷义往请俊，俊不听，因共私赂侍史，使求俊短，得其私书与敞子，遂封上之，皆下狱，当死。”

官员“不发私书”，是极罕见的特例。《史记》卷一二二《酷吏列传》说郅都事迹：“公廉，不发私书，问遗无所受，请寄无所听。常自称曰：‘已倍亲而仕，身固当奉职死节官下，终不顾妻子矣。’”所谓“倍亲而仕”，强调了从政则当“问遗无所受，请寄无所听”，虽“妻子”亦“不顾”的基本原则。《艺文类聚》卷五八引《吴录》说，王宏任冀州刺史，“不发私书，不交豪族”，于是得到“王独坐”的称誉。又引《鲁国先贤志》说，孔翊就任洛阳令，以器盛水置于前庭，收到私书则投掷其中，“一无所发”，于是“弹治贵戚”，可以“无所回避”。所谓“不发私书”，是为官清正的标志。《后汉书》卷四八《应奉传》李贤注引《华峤书》：“华仲少给事郡县，为吏清公，不发私书。”不以“私书”往问，也是官吏清廉的表现。《后汉书》卷六四《吴祐传》李贤注引《陈留耆旧传》说：“祐处同僚，无私书之问，上司无笺檄之敬。在胶东，书不入京师也。”

但是从另一方面看，由此又可以了解当时官场“私书”往来频仍而且数量繁多的情形。这些“私书”，自然多是通过驿传系统等条件，利用国家交通设施传递的。

3.“通私书”“交通私书”罪案

“交通私书”作为政治术语，指一定社会层次人等社交往来的方式。往往用以指责具有特殊目的的非法交往。这种情形，一旦涉及高级权力斗争，往往构成重罪。《汉书》卷七《昭帝纪》载元凤元年（前80）冬十月诏公布了这样的政治事件，左将军上官桀、御史大夫桑弘羊等“数以邪枉干辅政，大将军不听，而怀怨望，与燕王通谋，置驿往来相约结”。于是，“燕王遣寿西长、孙纵之等赂遗长公主、丁外人、谒者杜延年、大将军长史公孙遗等，交通私书，共谋令长公主置酒，伏兵杀大将军光，征立燕王为天子，大逆毋道”。这一政变图谋“故稻田使者燕仓先发觉”，告知大司农杨敞，杨敞告谏大夫杜延年，终于被举报。“延年以闻。丞相征事任宫手捕斩桀，丞相少史王寿诱将安入府门，皆已伏诛”。事后杜延年、燕仓、任宫、王寿因功“皆为列侯”。这是一起争夺最高权位的“谋反”案。“燕王”与朝中权贵“交通私书”，同上官桀、桑弘羊“与燕王通谋，置驿往来相约结”形成互动。这起“大逆毋道”犯罪的重要表现之一，即“交通私书”。“交通私书”与“置驿往来”，形成“相约结”特殊关系的方式。

“通私书”“交通私书”受到严厉指控的史例，还有《汉书》卷六三《武五子传·广陵厉王刘胥》：“胥女为楚王延寿后弟妇，数相馈遗，通私书。”《汉书》卷八〇《宣元六王传·淮阳宪王刘钦》也记载刘钦与“舅张博”的特殊关系，甚至曾经

“为博家属徙者求还”，“丞相御史复劾钦：‘前与博相遗私书，指意非诸侯王所宜，蒙恩勿治，事在赦前。不悔过而复称引，自以为直，失藩臣体，不敬。’”由“指意非诸侯王所”可知，“私书”已经成为罪证。这与上文石显、张俊故事被政敌“得其私书”情节相同。

这些案例，可以说明因当事人身处权力阶层的地位，“交通私书”则不仅仅是私人交往行为，已经具有重要的政治文化意义。

吏与秦汉基层社会秩序

秦汉时期结构复杂的民间社会，有宗族力量、社的力量、巫神信仰的力量发生综合的人际关系联系作用和日常秩序维护作用。大一统政治权力对基层的控制，依靠吏的表现逐步完备。吏必须与民间多种具有影响的势力结合，方能施行行政效能。吏代表国家行使权力，对普通民人的管制、驱使、奴役会激起不满和反抗。柔性的政治管理，以“教化”为主题，在儒学成为社会意识形态正统之后，因民本理念的影响，有“循吏”风格出现。秦汉基层社会的吏，对于民间治安的维护，农耕的经营，民生的滋养，都发挥了有益的作用。基层的吏或有得到上升机会者，他们会因曾经接近底层的经历，以开明的态度从事高层政务。

1. 乡官和里吏

《汉书》卷一九上《百官公卿表上》说，全国基层行政建置，“乡六千六百二十二，亭二万九千六百三十五”。又写道：“十亭一乡，乡有三老、有秩、啬夫、游徼。三老掌教化。啬夫职听讼，收赋税。游徼徼循，禁贼盗。”“皆秦制也。”大概秦统一后的短暂行政史中，已经使得基层管理制度逐渐完备。《续汉书·郡国志五》“日南”条引《东观书》：“永兴元年，乡三千六百八十二，亭万二千四百四十二。”汉墓壁画题榜有时会看到“以上皆食太仓粟”文字。或许可以理解为享受官禄的身份炫耀。秦汉基层“乡”“亭”的行政管理人员是否是国家正式官吏，或许存在疑问。《后汉书》卷二一《任光传》李贤注引《续汉志》说：“三老，游徼，郡所署也，秩百石，掌一乡人。”这样看来，乡的“三老”“游徼”是郡级行政机构任命，享受“秩百石”的待遇，虽说“乡官部吏，职斯禄薄”（《后汉书》卷六一《左雄传》），却是可以看作正式的“吏”的。

安作璋、熊铁基著《秦汉官制史稿》专门列有“乡里基层官吏”一节，其中写道：“从全国范围说，县是基层的行政单位，故中央任命官吏至县而止。但是真正的最基层却是乡、亭、里等组织，如柳宗元《封建论》所说：‘有里胥而后有县大夫，有县大夫而后有诸侯，有诸侯而后有方伯、连帅，有方伯、连帅而后有天子。’乡里基层官吏虽不是朝廷的正式命官，但乡官、里吏之名在秦汉时期已经流行了。其地位至为重要，举凡国家赋税、徭役、兵役以及地方教化、狱讼、治安等事，无不由乡官里吏直接承担。”（齐鲁书社 2007 年 1 月版，第 675 页至第 676 页）将“乡里基层官吏”列入“官制史”研究的对象之中，是正确的。

“里吏”身份见于《史记》卷八九《张耳陈馀列传》，体现秦时制度。《汉书》卷二四上《食货志上》颜师古注引孟康的说法，“里吏”就是“里胥”。《后汉书》卷一上《光武帝纪上》李贤注解释“三老”，说就是“乡官”。《后汉书》卷二《明帝纪》李贤注则说，“三老、孝悌、力田，三者皆乡官之名”。

《史记》卷五六《陈丞相世家》记述："里中社，平为宰，分肉食甚均。父老曰：'善，陈孺子之为宰！'""里中""父老"对"陈孺子之为宰"的肯定，显示"社"在基层管理方面的作用。

西汉"循吏"朱邑"少时为舒桐乡啬夫，廉平不苛，以爱利为行，未尝笞辱人，存问耆老孤寡，遇之有恩，所部吏民爱敬焉。迁补太守卒史，举贤良为大司农丞，迁北海太守，以治行第一入为大司农"。他病危时嘱其子："我故为桐乡吏，其民爱我，必葬我桐乡。后世子孙奉尝我，不如桐乡民。"后来果然得到桐乡民的敬爱，"起冢立祠，岁时祠祭"（《汉书》卷八九《循吏传·朱邑》）。基层服务的经历，对于朱邑高端政治权位的"循吏"表现是有重要意义的。

2."三老"的民间威望

"三老"是上古社会尊称。《礼记·文王世子》说："三老、五更，皆年老更事致仕者也。天子以父兄养之，示天下之孝悌也。"《管子·度地》："三老、里有司、伍长者，所以为率也。"以"三老"为标志的道德榜样型人物，也参与地方管理。陈胜起义占领陈后，"号令召三老、豪杰与皆来会计事"(《史记》卷四八《陈涉世家》)，体现出对其实力和影响力的尊重。

《曹全碑》可见"乡三老""县三老"，《后汉书》卷七六《循吏传·王景》说到"郡三老"。先秦时期的赵国就有"国三老"。汉代的"国三老"见于《后汉书》卷一一《刘玄传》及卷三〇上《杨厚传》、卷六六《王允传》、卷八一《独行传·李充》。"郡三老""国三老"，不在我们对于基层社会秩序的考察对象之内。

新莽末年刘诩与爰曾起兵于卢，“寇掠河、济间，众至二十余万”，自称“校三老”（《后汉书》卷二一《任光传》），一时名声响亮。可知“三老”的社会影响。《后汉书》卷一一《刘盆子传》记载，赤眉军领袖樊崇发起暴动，“自号三老”。队伍形成规模之后，指挥军官层次中“最尊者号三老”。又分万人为一营，“营置三老、从事各一人”。“立盆子为帝”的仪式，“诸三老、从事皆大会陛下”。《后汉书》卷二二《马武传》也说到“王莽末，竟陵、西阳三老起兵于郡界”情形。看来，“三老之制，实为当时一种社会教育制度”，然而三老“其职能都在推行教化，实质上就是教导人民安分守己，老老实实地服从统治者的剥削和压迫”（安作璋、熊铁基著《秦汉官制史稿》，第 681 页）的说法，还可以商榷。《后汉书》卷四一《寒朗传》记述汉章帝“行东巡狩，过济阳，三老吏人上书”事，“三老”位列于“吏人”之前。“乡三老”“县三老”在很多情况下，是地方实际上的民众领袖。对于政府长官行政，也往往发挥咨询的作用和支持的作用。

3. 关于“里佐”

陈胜、吴广发起反秦暴动时，身份是戍卒队伍中的“屯长”。虽然陈胜有为人“傭耕”的经历，但能够入伍即“为屯长”，且有政治识见，在“徒属”中有一定影响，又能够接近“尉”，原先可能并非一般农人。而通过“二世元年七月，发闾左適戍渔阳”，“陈胜、吴广皆次当行”（《史记》卷四八《陈涉世家》）的明确记述，可知他们就是“闾左”。对“闾左”称谓的理解历来存在争议。自20世纪80年代初，相继有几位学者提出“闾左”为“里佐”的推想（如王子今《“闾左”为“里佐”说》，《西北大学学报》1985年1期）。这一认识似乎并没有在围绕“闾左”身份的讨论中得到多数学者的赞同。里耶秦简出土之后，一些整理收获和研究成果发表。有学者写道：“据近年出土的里耶秦简，里正之下，还有里佐，是里正的副职。”（安作璋、孟祥才：《秦始皇帝大传》，中华书局2005年1月版，第355页；安作璋、熊铁基：《秦汉官制史稿》，齐鲁书社2007年1月版，第708页）里耶秦简的整理和研究，应当有利于澄清相关认识，推进相关研究。但是就现在已经发表的简文内容看，被理解为“里佐”的“佐”可能还是“乡佐”，似乎尚未可判定存在“里佐”的确证。“闾左”为“里佐”之说，还有待于新的考古文物资料的证明。

然而，里耶秦简“乡佐”的社会作用，也是我们在讨论“吏与秦汉基层社会秩序”这一主题时应当注意的。

汉代人总结秦亡的原因，多强调“发闾左之戍”的意义。《汉书》卷四九《晁错传》载晁错语：秦发“谪戍”，“后入闾，取其左。发之不顺，行者深怨，有背畔之心”。如果“闾左”就是“里佐”，“是里正的副职”，那么从这一视角总结秦短促而亡的原因，确实可以认识到深刻的教训。

4.“孝悌”“力田”的作用

乡里官吏包括“三老”“孝悌”“力田”。《后汉书》卷二《明帝纪》记载，汉明帝即位，颁布诏书，“赐天下男子爵，人二级；

三老、孝悌、力田人三级”。李贤注：“三老、孝悌、力田三者，皆乡官之名。”又解释说：“三老，高帝置。孝悌、力田，高后置，所以劝导乡里，助成风化也。文帝诏曰：‘孝悌，天下之大顺也。力田，为生之本也。三老，众人之师也。其以户口率置员。’”汉文帝十二年(前168)诏，见《汉书》卷四《文帝纪》。其实，“三老”的存在，早于“高帝”。即使“孝悌、力田，高后置”，但汉文帝提升“孝悌”“力田”的地位，强化其功能，体现出一种有关基层建设的创见。或许这也是成就文景之治的原因之一。

所谓“以户口率置三老孝悌力田常员”，颜师古解释说：“计户口之数以率之，增置其员，广教化也。”就是按照人口比例确定“三老孝悌力田”的编制数额。所谓“道民”，就是“导民”，也就是“广教化”。这些乡里“常员”的设置，作用就在于推行道德“教化”，敦促农耕生产。汉文帝说：“今万家之县，云无应令，岂实人情？是吏举贤之道未备也。”质疑“无孝悌力田之人可应察举之令”（颜师古注）的成见，实际上打开了乡里吏员上升的通道。汉文帝后七年（前157）“帝崩于未央宫”。在丧事处理的记录中可以看到：“赐诸侯王以下至孝悌力田金钱帛各有数。”可知“孝悌力田”已经被归入体制之内，被看作官吏队伍的成员。晁错颂扬汉文帝“所为天下兴利除害，变法易故，以安海内”的“大功”，包括“尊赐孝悌，农民不租”（《汉书》卷四九《晁错传》），由此可以推知在最后赐“孝悌力田金钱帛各有数”之前，还有“尊赐孝悌”的政策。

上文说到，汉明帝即位初赐爵“三老、孝悌、力田人三级”。他在永平三年（60）立皇后、皇太子时再次赐爵“三老、孝悌、力田人三级”。永平十一年（68）又有同样举措。永平十七年（74）春，因“祥物显应”，外夷“慕义贡献”，又赐爵“三老、孝悌、力田人三级”（《后汉书》卷二《明帝纪》）。汉章帝三次沿袭这一赐爵“三级”的做法。元和二年（85）诏曰：“三老，尊年也。孝悌，淑行也。力田，勤劳也。国家甚休之。其赐帛人一匹，勉率农功。”明确嘉奖的目的是“勉率农功”（《后汉书》卷三《章帝纪》）。此后，汉和帝、汉安帝都两次赐爵“三级”，汉顺帝两次赐爵“三级”，一次赐爵“二级”，汉献帝一次赐爵“孝悌、力田二级”，不包括“三老”。大概东汉时期对“三老、孝悌、力田”的“尊赐”，是持续性的政策。《续汉书·礼仪志上》“耕”条刘昭注补引《汉书仪》：“春始东耕于藉田，官祠先农。……大赐三辅二百里孝悌、力田、三老帛。”可知文化重心地方“尊赐”“三老、孝悌、力田”已成常制。最高执政者对最底层行政、教化、生产管理者的重视，是社会安定的保证。

从当时民间社会风习看，政府期望的正面导向有所实现。《后汉书》卷二五《刘宽传》说：刘宽任南阳太守，行县视察，“见父老慰以农里之言，少年勉以孝悌之训。”这就是在施行“力田”“孝悌”的职能。于是，据说“人感德兴行，日有所化”。东汉时民间儒学教育的普及程度非常之高。一些乡村教师开门受徒，名籍往往不下万人。陈留雍丘（今河南杞县）人楼望，诸生著录九千余人。汝南南顿（今河南项城西）人蔡玄，门徒常千人，先后注册的学生多达一万六千人。“负笈”千里求学，成为社会生活中的习见现象。从《四民月令》提供的信息看，乡村儒学教育重视《孝经》的学习。这不能说与“孝悌”的作用没有关系。

秦汉文物研究的学术向导：读孙机《仰观集》

朋友们对于孙机先生学术成就的评价，往往持“仰观”的态度。回顾中国文物学史，保守地说，从张敞发表对“美阳得鼎”的意见起，也有两千多年了。在文物研究进步的历程中，名家名著如云，但是却鲜有如孙机先生成就如此气象者。孙机先生论著在国际学界的影响，也有目共睹。

孙机先生坚持科学精神，秉承实证传统，又是在研究工作中体现出高度的学术责任心的典范。他于寻常求精致，就微隐见广博，多年来推出的学术精品很多，文字和图样共同的优美，都值得我们永远学习。其中《汉代物质文化资料图说》一书，我经常是作为常用工具书放置在手边的。作为对于秦汉历史文化最为关注的研究者，研读孙机先生就秦汉文物研究发表的真知，得释疑解惑，不能不深心感谢。文物出版社新出《仰观集》作为孙机先生又一部文集，其中以秦汉文物作为研究主题的文章，篇幅也占到全书的将近一半。《仙凡幽明之间——汉画像石与“大象其生”》一文是作者新作，在全书中篇幅最长，学术分量亦甚重。对于汉代画像研究的方法和路径，文章提出了很有价值的意见。针对“近年发表的研究汉画像石的若干论述，却和实际情况不无脱节之嫌”（165 页）的情形，作者进行了澄清、说明和驳议。所提出的意见，值得汉代画像研究者高度关注。

汉代图像资料为我们认识和理解汉代社会文化包括汉代人

的思想和生活，提供了丰富而生动的信息。只是因为多种原因，汉画研究还有许多学术空白，各种学术异见之中，也不免误解和谬说。《仙凡幽明之间》的讨论推进了汉代画像的研究。比如对于“天门”意义的阐明，对于“浪井”图像的解说等，都使得我们对汉代人信仰世界的认识有所深化。汉代画像研究是拓展空间相当可观的学术主题，许多问题的讨论还会继续。学术的生命力就体现在通过研讨争辩实现的拓进之中。我特别期望中青年学者特别是攻读硕士和博士学位的研究生有心致力于汉代画像研究。而孙机先生的学术风格和考察路径，是我们学习的榜样。

孙机先生在《仰观集》的《后记》中表达了“仰观各类文物之博大”的心思，又自谦地说：“俯察自己的这点体会之粗浅，每不胜惶汗。”（516 页）这样的态度，对照某些见解浅薄却自诩“大师”的狂闇之徒，真是别如天壤。我曾经消极地预想，像孙机先生这样的学识和贡献，恐怕难有后人追及。但是现在认真思索，以文物研究如此“博大”的学术空间，新进学子如果努力学习，其前景或许可以有比较乐观的预计。不过，年轻学人首先要向孙机先生这样的学者们学习，学习他们的科学风格、务实精神和谦逊态度。

关于《始皇帝的遗产》

公元前221年秦始皇实现了统一。秦的统一并非只是兼并六国，即后世人所谓“六王毕，四海一”（〔唐〕杜牧：《阿房宫赋》），而是通过军事手段和战争方式又实现了中原文化向北边匈奴控制区和岭南越人居住地的扩展。后者的意义尤其重要。有学者称秦的统一是继商周时代“有着广大统治区域的统一王朝”之后，又经历了“充满了战乱和分裂”的东周时代，实现的“重新统一”（李学勤：《东周与秦代文明》，文物出版社1984年6月版，第7页）。当然，秦代的“广大统治区域”已经与商周时代的“广大统治区域”完全不同。秦帝国的建立，版图的规模，行政的力度，控制的效能和文化理念的同一，也与商周时代完全不同。秦的政体又为汉帝国所继承并进一步完善。

从秦统一至公元220年曹丕代汉，是秦王朝和汉王朝统治的历史阶段。在两汉之间，又有王莽新朝的短暂统治。在这四个多世纪的历史阶段内，中国文明的构成形式和创造内容都有重要的变化。秦汉人以黄河流域、长江流域和珠江流域为主要舞台，进行了生动活跃的历史表演，同时推动了中华民族历史文化突出的进步。秦汉时期的文明创造和文明积累，在中国历史上有显赫的地位。当时的文化风貌和民族精神，有鲜明的时代特征。秦汉时期的社会结构、政治格局和管理形式，也对中国此后两千年来文化传统的形成和历史演进的方向形成了非常深刻的影响。

怎样全面地认识和深刻地理解秦汉历史，从司马迁到今天，人们已经探索了两千多年。今天学者对许多秦汉史的基本问题依然存在着明显的异见。我们面前的鹤间和幸著讲谈社版《始皇帝的遗产——秦汉帝国》中译本，提供了与许多中国学者视角有所不同的对中国秦汉史的另一种说明。

鹤间和幸是日本从事中国秦汉史研究成就卓然的学者，多有质量优异的论著面世。他的这部《始皇帝的遗产——秦汉帝国》比较全面地总结了秦汉历史。这部专著虽然更多地侧重于秦与西汉史的论说，但是对于东汉史的分析，依然有值得重视的学术亮点。

在睡虎地秦墓竹简发现以后，又有若干有益于说明秦汉历史的新的出土文献面世。里耶秦简、张家山汉简等的新资料的利用，正是鹤间和幸这部著作显著的优异之处。此外，陕西秦汉考古学者近年的工作成绩，如张安世家族墓地的发掘信息，汉长安城宫殿区的考古收获，甚至“张汤印”的发现，都受到作者的注意，及时作为最新资料用以说明和印证自己的学术论点，体现出《始皇帝的遗产——秦汉帝国》作者站立于学术前沿的立场。书中对于汉长安城周边自然环境的介绍，对于东汉自然灾害影响人文历史的思考，也都反映了对生态环境史予以重视的可贵的学术新识，可以给我们有意义的文化启示。

中国古史研究学界久有“汉承秦制”的说法。这一见解较早见于《续汉书·舆服志上》、《舆服志下》和《后汉书》卷四〇上《班彪传》。前者《太平御览》卷六九二及卷七七四引作“董巴《汉舆服志》”“董巴《舆服志》”。而《续汉书·五行志一》说：“《五行传》说及其占应，《汉书·五行志》录之详矣。故泰山太守应劭、给事中董巴、散骑常侍谯周并撰建武以来灾异。今合而论之，以续《前志》云。”可知“汉承秦制”之说汉末已经通行。张家山汉简《二年律令》与睡虎地秦简秦律的承继关系，也鲜明地显现了这一事实。李学勤先生对于秦汉文化的关系是这样表述的：“秦的兼并六国，建立统一的新王朝，使秦文化成为后来辉煌的汉代文化的基础。”“秦统一后，划分全国为三十六郡，随后发展为四十六郡。郡县制的普及，形成了与商、周王朝不同的高度中央集权的国家。政治上的重新统一，带来了国内各民族文化的进一步交流和融合，这是中国文化史上的重要转折点。秦朝由于存在的时间很短，不可能在历史上充分发挥作用；而不久建立的汉朝，其辉煌的文明所造成的影响，范围绝不限于亚洲东部。我们只有从世界史的高度才能估价它的意义和价值。”（《东周与秦代文明》，文物出版社1984年6月版，第12页，第382页）鹤间和幸著《始皇帝的遗产——秦汉帝国》将汉帝国的历史文化存在视作“始皇帝的遗产”，这样的认识我们以为符合历史真实。

尽管主要用意在于向一般读者介绍秦汉历史，并不承负在较深层次进行学术攻坚的任务，但是《始皇帝的遗产——秦汉帝国》一书依然在若干方面提出了颇为新异的意见。例如，书中写道：据“东京大学研究生院理学研究科的植田信太郎与中国科学院遗传研究所的王丽为首的日中共同研究小组”通过古代人骨分析得出的结论，“战国时代中期的山东人与欧洲人有着相近的关系，西汉末的山东人与中亚的维吾尔和吉尔吉斯人接近。”当然，这样的认识，可能还需要较丰富的资料和较全面的考察的支持。

关注学术成果传播的朋友们都知道译之不易的事实。实际上，自西汉时期起，已经出现了“译官”、“译令”（《汉书》卷一九上《百官公卿表上》）、“译长”、“译使”（《汉书》卷二八下《地理志下》）等身份。所谓“译人传辞”（《三国志》卷三〇《魏书·东夷传》），已经是作用特殊的文化职任。“译人”这一称谓也成为一种对文化交流负有崇高责任的职业的代号。马彪先生为《始皇帝的遗产——秦汉帝国》一书在中国的传播付出了辛勤的劳动。他的译本在“信、达、雅”诸要素中“信”的方面应当首先可靠。但是如果读者特别是有意以此作为学术参考的朋友能够接触鹤间和幸教授的原书，也许会有更好的阅读体验。

关于汉代的“谣言”：汉代民间舆论史与民间舆论传播史

汉代已经频繁出现动摇社会“稳定”的显示强大冲击力的群体运动。且不说数十万手持兵器民众的绿林赤眉暴动和黄巾之乱，史书明确记载的西汉时期即已发生的大规模群体性事件就有“传西王母筹”的流民“经历郡国，西入关至京师”，“击鼓号呼相惊恐”事（《汉书》卷一一《哀帝纪》）以及“王咸举幡太学下”，“诸生会者千余人”至宫阙前（《汉书》卷七二《鲍宣传》）请愿的太学生运动（参看王子今：《王咸举幡：舆论史、教育史和士人心态史的考察》，《读书》2009年6期）。这些迫使最高执政集团只能取消极对应态度的事件，都因民间舆论激生。民间自然出现以及某些政治力量专意煽惑的舆论形式，往往都被称之为“谣言”。其他未必引发激烈社会动荡的“谣言”，其实也有民间舆论史料和民间舆论传播史料的意义。

吕宗力著《汉代的谣言》就是以这种社会文化现象为研究对象的学术专著。他以新异的视角、确当的考论，通过对若干语言文化现象的分析，深化了汉代意识史的研究，亦推进了对当时社会思想的全面认识。这部也可以看作汉代社会舆论史和文化传播史研究成果的论著，在近年汉史学术收获中质量和品级堪称上乘。这样的判断，应当是可以得到秦汉史学界多数学者的赞同的。

1. 谣言的历史分析和文化探索

《汉代的谣言》是第一部比较全面、比较深刻地总结和说明“谣言”这种社会文化现象的学术专著。作者分析了汉代“流言”“讹言”“妖言”“谣言”“谶言”和“谶谣”等多种民间舆论形式，讨论了这些舆论形式的发生背景、文化内涵、社会影响和政治作用，对于这种历史存在所折射的精神生活风貌，也进行了必要的学术论说。

对于初生于民间的所谓“妖言案例”，所谓“谶谣信仰”，对于汉王朝所谓“采‘讹言’”“举谣言”的行政方式，对于作为社会精神文化风景的所谓“政治神话和民间传说”，作者分别有所考论和说明。而对于谣言作为舆论形式的品质和作用，作者的论述尤其值得重视。例如“谣言与舆论”一节有如下分析：一、谣言是社会舆论的一种表现形式；二、从民间歌谣看谣言对公众的影响力及其局限性；三、从民间歌谣看舆论引导；四、谣言与舆论监督。（215 页—221 页）可以说比较完整地总结了谣言作为舆论表现的多方面的社会文化影响，以及在行政者视野中的特殊地位。作者如此定义“谣言”：“一种未经证实但未必虚妄谬误，主要经口头传播（当然也可以文字为载体）的言论信息，经人际沟通、集体参与和广泛传播而构建成形。”《汉代的谣言》撰述的工作重心，是研究“能进入传播渠道，并在人际互动中赢得一定的受众和关注”的“谣言”，以为一旦谣言“进入传播渠道并产生相当的社会影响，并在群体互动中建构出能够凝聚一定共识的版本，那它代表的已是群体的意

愿和诉求”。（3 页）

通过借助“现代语言学、社会学、心理学、人类学、传播学、市场学”（4 页）等多学科视角的考察和探索，作者“对于谣言的社会心理机制及传播方式进行解读，来探讨历史上一种难以捉摸，但又真实存在的现象”（蒲慕州的评价，《汉代的谣言》封底），成功实现了高质量的“两千年前汉代流言传播研究”（陈力丹的评价，《汉代的谣言》封底）。《汉代的谣言》于是具有了体现出鲜明创新性的学术价值。

作者就所谓“童谣类预言”的研究，分别考论“元成时期谶谣”、“两汉之际谶谣”、“桓灵时期谶谣”、“灵献时期谶谣”（153 页—162 页），分析《五行志》记载的童谣的来源有“诅咒批判型”、“时政评论型”、“天启型”、“时效提前型”数种（163 页—164 页）。这种童谣来源的分解式判断是否合理，还可以商榷。但是所进行工作对于以往考察的明显的推动性的功绩，是应当肯定的。裴松之说：“童谣之言，无不皆验。”童谣为什么能够预言天意？童谣的预言为什么会应验？当时的人们为什么会“产生这样一种信仰”？“这种信仰在汉代语境中如何被论述”？作者针对这些问题又进行了深层次的考察。书中列举三种解说：天籁说；神凭—荧惑说；诗妖说。（165 页—170 页）也许这三种理解在某种意义上，在某一层次上可以有所交叉。这样的研究，实际上已经借用了文化人类学的理论和方法，相当接近有些学者所谓“历史人类学”。

童谣承担社会批评的职能，又往往被看作政治预言。《论衡·订鬼》：“世谓童子为阳，故妖言出于小童。童、巫含阳，故大雩之祭，舞童暴巫。”王充在《论衡·语增》中又写道：“案周取殷之时，太公《阴谋》之书，食小儿丹，教言‘殷亡’。”《论衡·恢国》的说法更为具体：“传书或称武王伐纣，太公《阴谋》，食小儿以丹，令身纯赤，长大，教言‘殷亡’。殷民见儿身赤，以为天神；及言‘殷亡’，皆谓商灭。”所言舆论制造的方式，表现了汉代人形成成见的“童谣”意识。对于相关现象的研究，自然可以帮助我们理解汉代思维形式的特点。

对于汉代童谣的研究，涉及当时社会意识的一种特殊现象。徐市寻海中神山，为什么带领“童男女”出海？西汉皇家神祀，为什么使“僮男僮女”歌唱？《续汉书·礼仪志中》载大傩逐疫表演，“选中黄门子弟年十岁以上，十二以下，百二十人为侲子”。《春秋繁露·求雨》中说到当时“春旱求雨”的仪式规程，有“小童八人，皆斋三日，服青衣而舞之”。这些礼俗仪式中“童男女”的文化象征意义，都可以与童谣的神秘作用联系起来理解［参看王子今：《秦汉神秘主义信仰体系中的“童男女”》，《周秦汉唐文化研究》第 5 辑，三秦出版社 2007 年 6 月版；《略论两汉童谣》，《重庆师范大学学报》（哲学社会科学版）2007 年 3 期］。

2. 考察视角和研究路径的启示

前引作者自己的说法，《汉代的谣言》的考察方向和研究思路涉及“现代语言学、社会学、心理学、人类学、传播学、市场学”。有的学者亦指出：“本书一大特色即广泛借鉴参考了西方心理学、社会学、传播学、舆论学的理论成果，较好地充实了相关思考与论证。”（孙闻博：《深掘广拓，别开生面——读吕宗力著〈汉代的谣言〉》，《中国史研究》2013年1期）史学与多学科学术方法的结合，成为这部论著学术成功的显著特征。

20世纪以来自王国维倡起“二重证据法”，汉史研究进入了新的境界。多数学者比较重视考古文物信息的分析利用。有人曾说，吕宗力教授往常的研究，似乎不大重视利用汉代出土资料。从《汉代的谣言》看来，这样的评断是不正确的。在对于汉代“妖言”的考察实践中，他使用了《长沙子弹库战国楚帛书》、《上海博物馆藏战国楚竹书·容成氏》以及《马王堆汉墓帛书·刑德乙篇》的资料（39页），论说因而更为坚实有力。书后附录二“东汉碑刻与谶纬神学”部分，更直接利用了汉代石刻资料。作者统计，“两汉碑刻（包括碑、碣、摩崖、墓志等）达455种之多”，而且“由于石刻的收集、编目、著录尚不完善，这一统计仍是很不完全的，而且也未能将重出、伪刻等尽数剔出，只能留待日后补充”（258页）。作者说，此文所引用的涉及谶纬内容的汉碑计86种。（280页）事实上，汉代石刻的发现，近年依然陆续增益。不少新出资料进入研究者的视野。重视这样的信息，当然是完全必要的。

在第三章“谣言”讨论“歌谣是汉代社会与政治生活的重要组成部分”的内容中，作者还使用了睡虎地秦简资料，指出：“《睡虎地秦简·日书》甲、乙种中，歌乐常与饮食、祠祀并列为当时日常生活的基本内容。”（83页）

睡虎地秦简《日书》甲种《诘》题下，开篇就说“诘咎”：

“诘咎，鬼害民罔行，为民不羊，告如诘之（二四背壹），召，道令民毋丽兇央。（二五背壹）”。整理小组注释：“诘咎，禁灾。”刘乐贤说，郑刚以“诘咎鬼”连读，并说：“‘诘咎鬼’，即制服恶鬼，本篇全篇讲如何制鬼。”而刘乐贤指出：“我们认为本篇所讲的除了如何制服鬼外，还讲到如何对付各种妖、怪、神等，以‘诘咎鬼’为句显然不能包含全篇内容。”（《睡虎地秦简日书研究》，文津出版社1994年7月版，第232页至第233页）今按：《汉书》卷三〇《艺文志》有“《变怪诰咎》十三卷”，曹植亦有《诰咎文》，序文有“诰咎祈福”字样。而《文选》卷一九《洛神赋》李善注引虞喜《志林》作“《诘洛文》”。胡克家《文选考异》卷四说：“王伯厚尝言，曹子建《诘咎文》假天地之命，以诘风伯雨师，名篇之意显然矣。”赵幼文据此以为“‘诰’实为‘诘’字之形误”（《曹植集校注》，人民文学出版社1984年6月版，第457页，第290页）。睡虎地秦简《日书》所见“诘咎”文题，更提供了确证。

值得我们特别注意的是，下文又说道：“□鸟兽能言，是夭也，不过三言。言过三，多益（五九背壹）其旁人，则止矣。（六〇背壹）”若考察有关“妖言”的意识背景，注意秦文化遗存中“□鸟兽能言，是夭也”的信息，或许是有意义的。有关“诘咎”的内容又可见：“野兽若六畜逢人而言，是票风之（五二背壹）气，以桃丈，绎而投之，则已矣。（五三背壹）”史籍文献可见所谓“野兽若六畜逢人而言”情形，如《晋书》卷二八《五行志中》：“孝怀帝永嘉五年，吴郡嘉兴张林家狗人言云：‘天下人饿死。’于是果有二胡之乱，天下饥荒焉。”《宋书》卷三一《五行志二》：

“晋孝怀帝永嘉五年，吴郡嘉兴张林家狗人言云：‘天下人饿死。’”“宋武帝永初二年，京邑有狗人言。”《新唐书》卷三五《五行志二》：“光启元年，河东有牛人言。”《宋史》卷三二《五行志三》：“绍兴初，陈州民家鸡忽人言，近鸡祸也。”《清史稿》卷四三《灾异志四》：“（顺治）七年，商州民李旺家有犬坐坑上，作人言：‘老的忒老，小的忒小。’”“康熙四十五年二月，萧县民家犬作人言。”“咸丰十一年，来凤民家犬作人言。”然而都是作为灾祸之异象予以记录的。《开元占经》卷一一七引《吕氏春秋》曰：“乱国之妖，牛能人言。”卷一一八引《吕氏春秋》曰：“乱国之妖，马乃言。”（《太平御览》卷八九九引《吕氏春秋》曰：“乱国之妖，有牛马言。”）卷一一九“豕咎征”条写道：“京房曰：‘豕能言，吉凶如其言。’”（参看王子今：《睡虎地秦简〈日书〉甲种疏证》，湖北教育出版社 2003 年 2 月版，第 339 页至第 343 页，第 374 页，第 381 页）此类文化遗存，正是《汉代的谣言》面对的研究对象。考察相关史事，或许有益于探索汉代“妖言”语汇的由来，亦有益于说明当时人与“鸟兽”、“野兽若六畜”的特殊的神秘关系，人与自然的特殊的神秘关系。

《汉代的谣言》的问世，正如蒲慕州所评价，“为学界提供了进一步探讨此问题的基础”（《汉代的谣言》封底）。吕宗力教授的这部专著可以说为关心汉代历史文化的人们打开了一扇新的门窗，迎着扑面而来的清风，从事汉史研究的学者会感觉到新的学术空间的广阔。另一方面，对于不少年轻学人来说，《汉代的谣言》可以看作指示学术路径，培育学识学力的一个向导。在当前中国大陆学界浮躁之风盛起，泡沫之作泛滥的情势下，要提倡重视质量而不单纯追求数量，重视实证而不尚空疏之谈，吕宗力著《汉代的谣言》也可以看作榜样。青年读者就中得到启示，以这样的学术精神继续进行秦汉社会文化的多角度的研究，当会有值得乐观预期的推进。

3. 未贴“谣言”标签的谣言

《汉代的妖言》附录所收《感生神话与汉代皇权正当性的论证》，正如有的学者所指出的，“作为专题研究与本书主旨关系密切，所论议题也是对本书的重要补充”。作者的早年作品，今日已不易索寻，这样的处理方式，极大地方便了读者。“而读者从中亦可得见作者研究思考的前进历程。具体到研究内容，其精彩程度毫不逊色于正文诸篇。”（孙闻博：《深掘广拓，别开生面——读吕宗力著〈汉代的谣言〉》，《中国史研究》2013 年 1 期）作者写道：“汉代人对‘圣人皆无父，感天而生’的信仰是忠诚而坚定的。不仅圣人、帝王，就连臣子都会有感生故事。”亦注意到文物资料：“在汉碑中也常见此类表述。”我们也同意作者这样的意见：“对当时那么流行的一种文化现象不能简单地斥之为‘适应着当时统治者愚民政策的需要’。”（原注：“袁珂：《中国神话史》，台北：时报文化出版公司，1991，页 116—117。”302 页）不过，感生神话等有时确实经人为有意的渲染和扩散，具有了谣言的性质，形成了舆论的影响。

对于在刘邦建国的政治实践中出现的斩白蛇等神话的集中出现，作者说：“西汉高祖刘邦的开国神话丰富多彩，可能与他出身布衣、没有祖荫之依托有一定关系。需求促进生产，在政治和社会领域，这可能也是说得通的道理。”（179 页）泷川资言《史记会注考证附校补》说：“《高祖本纪》自泽陂遇神，至芒砀云气，皆记高祖微时符瑞。”亦包括其母刘媪息大泽之陂，梦与神龙交；“龙准而龙颜”，“左股有七十二黑子”，相者多以为奇等等。这些故事，后来的学者多以为可疑。梁玉绳《史记志疑》说：“《朱子语录》以高祖赤帝子之事为虚。《续古今考》言斩蛇事是伪为神奇，史公好奇载之。”崔适《史记探源》说：“各本中述赤帝子斩白帝子事，此从《郊祀书》窜入。”顾颉刚《五德终始说下的政治和历史》说：“司马迁时不能有此故事（斩蛇，云气），必出伪窜。”吕思勉《秦汉史》也以为种种传说“疑出后人增窜，非谈、迁原文也”。吕宗力综合诸说，又注意到“贾谊、诸侯、将相乃至刘邦本人关于开国原因的论述，均只论人谋，不讲天命”，而《高祖本纪》司马迁赞语“解释刘邦开国之正当性”，《太史公自序》“总结刘邦的功业”，也都称颂其“承敝易变”，“改制易俗”的努力。于是分析说：“由此看来，刘邦的开国神话，就算不是出于事后的伪造或后人的增窜，至少在西汉初年，似乎尚未成为政治和历史编纂的主流论述。”然而论者又指出：“但仅以目前哪个掌握的传世及出土文献，要确认《史记·高祖本纪》中的开国之君神话属于后人伪造或增窜，也是不可能的。”他还注意到，“《史记》的《秦始皇本纪》、《陈涉世家》及其他一些篇章其实也有不少神秘预言和政治神话，却并未受到后世史家们‘伪造、增窜’的质疑”。于是作出这样的判断，“秦末汉初出现此类神话，完全可能”。

《汉代的谣言》引《新语》佚文樊哙与陆贾对话：“自古人君皆云受命于天，云有瑞应”，“人君重位，非天命何以得之哉？”“无天命，无宝信，不可以力取也”。又《楚汉春秋》记载范增以刘邦之“气”似龙蛇云虎，必非人臣，建议项羽及早诛杀，以及刘邦自谓“吾以布衣提三尺剑取天下，此非天命乎”，指出：“以此观之，楚汉之际至西汉初年，符瑞天命观念及开国之君神话在当时的社会政治语境和历史论述中有着良好的孕育、生存和传播机会，则《史记》所载刘邦神话，又未必是空穴来风。”（179 页—183 页）这一见解的提出，使得学界对相关问题的认识又深入了一步。

我们确实看到，一如《史记》卷四八《陈涉世家》所见陈胜、吴广举事以“鬼”“威众”故事：“丹书帛曰‘陈胜王’，置人所罾鱼腹中。卒买鱼烹食，得鱼腹中书，固以怪之矣。又间令吴广之次所旁丛祠中，夜篝火，狐鸣呼曰‘大楚兴，陈胜王’。卒皆夜惊恐。旦日，卒中往往语，皆指目陈胜。”《史记》卷八《高祖本纪》说，斩白蛇事后，“诸从者日益畏之”。芒砀云气之说生成后，“沛中子弟或闻之，多欲附者矣”。舆论的力量是明显的（参看王子今：《“斩蛇剑”象征与刘邦建国史的个性》，《史学集刊》2008 年 6 期）。如吕宗力教授所说，“诸从者日益畏之”一例，即“揭示出深化在实际生活中的政治影响力”。（185 页）所谓“刘邦和吕雉有串谋之嫌，伪造神迹，‘托言以惊动沛中子弟’”（186 页）的揭发，是有道理的。

《朱子语类》卷一二二说：“其间做得成者，如斩蛇之事；做不成者，如丹书狐鸣之事。”朱熹曾经讨论“此还是当时特故撰出此等言语否”的问题，曰：“有此理。”《评鉴阐要》卷一《刘季拔剑斩蛇有老妪夜哭及亡匿芒砀山中所居常有云气目》下写道：“斩蛇夜哭，云气上覆，多史臣附会兴王之词。然以此而惑众煽乱者，亦有之矣。”“斩蛇”“云气”故事之特别“撰出”，“以此而惑众煽乱”的特征是明显的。其“撰出”因吕后的历史痕迹亦比较清晰。云气神话为吕后制造。善相老父言刘邦“相贵不可言”之说亦应是吕后散播。《史记》卷九《吕太后本纪》说：“吕后……佐高祖定天下。”又载郦寄语：“高帝与吕后共定天下。”《史记》卷五一《荆燕世家》田生曰：“吕氏雅故本推毂高帝就天下，功至大。”朱熹甚至写道：“吕后与高祖同起行伍，识兵略，故布置诸吕于诸军。”（《朱子语类》卷一三二）其实，吕后在项羽彭城反击时，就与刘邦生父太公一起被捕，长期扣押于楚军中，成为人质，这就是所谓“太公、吕后质于羽军”（〔宋〕周紫芝：《太仓稊米集》卷五七《书·上皇帝》）。直到项羽同意与刘邦以鸿沟为界，中分天下时，方才释放太公、吕后。而随即发生的，是最终决定项羽败局的垓下之战。也许正因为如此，有人认为“吕后初无功于王业也”（〔宋〕马廷鸾：《碧梧玩芳集》卷二一《读史旬编·吕后》）。其实，吕后很可能早在彭城失利之前，也就是在反秦战争和楚汉相争的早期阶段，于刘邦的政治军事实践已经多有襄助。我们知道比较明确的实例，有芒砀云气神话和贵不可言预言等舆论目的在于“惑众煽乱”的“撰出”（参看王子今：《吕太后的更年期》，《读书》2010年4期）。

所谓宣传“汉代皇权正当性”的“感生神话”，其实也可以看作政治新局的舆论准备，也是史籍记录中并没有明确贴上“谣言”标签的谣言。《汉代的谣言》进行的相关考论，应当说是认真的，科学的，具有学术启示意义的。

4.“谣言”的文化惯性

谣言及相关文化现象的生成和影响，有时竟然显现出长久的历史惯性。《汉代的谣言》就此有所关注。作者在讨论“东汉视占筮书为谶书”观念现象时，指出《史记》卷一二三《大宛列传》：“天子发书《易》，曰‘天马当从西北来’……”而荀悦《前汉纪》卷一四《孝武皇帝纪五》则作“上发谶书曰：‘天马当从西北来。’”以为“此亦东汉视占筮书即谶书之一证”。然而“西汉中后期以后开始流行的谶纬书，多不采取占筮书的形式”。作者同时注意到后世例证，“有趣的是，南宋以后出现的新型谶言结集，如《推背图》、《马前课》，及各种庙宇宫观的签诗，又回复到占筮书的形式”（123 页）。

汉代谶言造作的“匿名或假托”情形，是由多种文化因素决定的。作者指出，“汉代的谶言，其创作者或宣示者多半匿名，或委托尧、老子、孔子、刘向等名人，而其实往往是集体创作”。作者分析道，“匿名或假托不仅出于安全考虑，因中国谶言的影响力、生命力并非取决于创作者或传播者的声望或可信度，而是民众的接受度”。作者指出“不仅出于安全考虑”，但是怎样的“考虑”占主导优势，未及进行详尽分析。其实扩展其传播广度和影响力，是重要的出发点。

当然，“创作者或传播者的声望或可信度”无疑也是影响“民众的接受度”的重要因素之一。在论述这一问题时，作者分析了后世相关文化现象：“唐以后著名的谶言结集，如《推背图》托名李淳风、袁天纲，《乾坤万年歌》托名姜太公，《马前课》托名诸葛亮，《梅花诗》托名邵雍，《烧饼歌》托名刘基。”（172 页）

作者在分析西汉“传行西王母筹”史事中“讹言”传递的形式时，联系了“近世不时出现的‘连锁信’，谓接到信后必须抄缮若干份，迅速分寄朋友，勿令连锁中断，否则必遭不测”情形，感叹“甚至到了互联网时代，这样的心理游戏仍未绝迹”，以为“历史有时真可为鉴”（27 页）。这样的联想，使读者在学习专深的学术专著时感受到活泼新鲜的意趣，而更重要的意义，是指出了这种文化脉络的长久延续。

对于中国古代社会的民间信仰，作者研究基础深厚，多有成熟的思考。对于谣言问题的长时段的文化考察，因此为我们所佩服。

窃书剿说大不德

鲁迅在《孔乙己》中，有一段对于这位落魄文人狼狈形象的生动描写："孔乙己一到店，所有喝酒的人便都看着他笑，有的叫道，'孔乙己，你脸上又添上新伤痕了！'他不回答，对柜里说，'温两碗酒，要一碟茴香豆。'便排出九文大钱。他们又故意的高声嚷道，'你一定又偷了人家的东西了！'孔乙己睁大眼说，'你怎么这样凭空污人清白……''什么清白？我前天亲眼见你偷了何家的书，吊着打。'孔乙己便涨红了脸，额上的青筋条条绽出，争辩道，'窃书不能算偷……窃书！……读书人的事，能算偷么？'接连便是难懂的话，什么'君子固穷'，什么'者乎'之类，引得众人都哄笑起来：店内外充满了快活的空气。"

孔乙己"窃书"，他自己认为是"读书人的事"，"不能算偷"。咸亨酒店中诸多喝酒的人却认定是"偷"："我前天亲眼见你偷了何家的书。""何家"的人自然更痛恨这种"偷"，于是"吊着打"。所谓"偷了何家的书"，显然是被认定非法占有了"何家"的财产，侵犯了"何家"的物质产权。

和孔乙己这种"窃书"不同的，还有其他的"窃书"。

宋人徐度《却扫篇》卷下说到一个由"藏书"而"窃书"终于"焚书"的故事："陈无己尝以熙宁、元丰间事为编年书，既成，藏之庞庄敏家。无己之母，庞氏也。绍圣中，庞氏子有惧或为己累者，窃其书焚之。世无别本，无己终身以为恨焉。”这种担心藏书可能招致危难，所以窃书而焚毁的情形，是关于“窃书”的特殊的史例，也是关于“焚书”的特殊的史例。

《太平广记》卷三六三有“李哲”故事，据说原本出自《通幽记》。说唐贞元四年春，常州录事参军李哲住在距离丹阳县东郭五里的地方，宅中常有怪异。“有乳母阿万者，性通鬼神，常见一丈夫，出入随之，或为胡形，须髯伟然，羔裘貂帽，间以朱紫，倏闪出来。哲晚习《春秋》于阁，阿万见胡人窃书一卷而去，驰报哲。哲阅书，欠一卷。方祝祈之，须臾，书复帙中，亦无损污。”这里作“胡人”状貌的鬼妖“窃书”仅一卷，而后复归还，并且毫无损污，大概只是和读书人开一个玩笑。

另外一种“窃书”，则出自恶意。其形式，显然与孔乙己“窃书不能算偷”完全不同，不仅仅是偷窃了书的文本，而是偷窃了书中的内容，书中的精神，书中的思想，即非法占有了其他人的知识产权。

《南史》卷三三《郗绍传》写道，徐广著有《晋纪》，“时有高平郗绍亦作《晋中兴书》，数以示何法盛。法盛有意图之，谓绍曰：‘卿名位贵达，不复俟此延誉。我寒士，无闻于时，如袁宏、干宝之徒，赖有著述，流声于后。宜以为惠。’绍不与。至书成，在斋内厨中，法盛诣绍，绍不在，直入窃书。绍还失之，无复兼本，于是遂行何书”。郗绍正在撰写记述晋史的《晋中兴书》，几次拿给何法盛看。这位何法盛竟有意谋取。他对郗绍说：您荣誉显扬，地位高贵，不至于要靠这部书来提升名分，扩大影响。而我，一个穷读书人，期望能够像袁宏、干宝这样的史学家凭着著述，留下声名。您就把这书送给我吧。郗绍没有答应。全书完稿之后，放置在斋内橱中。一次，何法盛来探访郗绍，郗不在，何竟直入其斋中，窃走了这部书。郗绍回家后，书稿已经丢失，由于事先又并没有抄留副本，于是世间流行的，竟然是何法盛著《晋中兴书》。《南史》里的这一记载，《太平御览》卷六〇一有同样的文字，然而称引自《宋书》。

何法盛的行为，宋代学者王应麟《困学纪闻》卷一〇指为剽窃丑行："向秀注《庄子》，而郭象窃之；郗绍作《晋中兴书》，而何法盛窃之。二事相类。"顾炎武《日知录》卷一八专门列有"窃书"一条，其中写道："汉人好以自作之书而托为古人。张霸《百二尚书》、卫宏《诗序》之类是也。晋以下人则有以他人之书而窃为己作，郭象《庄子注》、何法盛《晋中兴书》之类是也。"这种"以他人之书而窃为己作"事，实在令人憎恶。

对郭象《庄子注》剽窃行为的批评，早见于《世说新语·文学》："初，注《庄子》者数十家，莫能究其旨要。向秀于旧注外为解义，妙析奇致，大畅玄风。唯《秋水》、《至乐》二篇未竟而秀卒。秀子幼，义遂零落，然犹有别本。郭象者，为人薄行，有俊才。见秀义不传于世，遂窃以为己注。乃自注《秋水》、《至乐》二篇，又易《马蹄》一篇，其余众篇，或定点文句而已。后秀义别本出，故今有向、郭二《庄》，其义一也。"

何法盛"窃书"，谋夺了整部书的著作权。郭象则是将窃取的向秀《庄子注》杂合自注数篇，形成了一部新的《庄子注》，不过，世人以为"向、郭二《庄》，其义一也"，其学术主体，依然是窃夺了向著。

类似何法盛窃取《晋中兴书》事的，还有《化书》一案。

宋人俞琰《周易参同契发挥》卷下写道：“谭景升以《化书》授宋齐丘。齐丘杀景升，并窃其书自名之，寻亦不得善终。”同一位俞琰在《席上腐谈》卷下又写道：“《化书》，乃谭峭所作。峭字景升，携其书来求齐丘序，齐丘杀景升，遂窃其书自名之。”前说“谭景升以《化书》授宋齐丘”，这里则又增添了“携其书来求齐丘序”的情节。至于谋其书而害命的情节，实在是学术史上令人惊愕的异闻。

明人陈禹谟《骈志》卷五将“郭子玄窃向秀《庄子注》”，“何法盛窃郗绍《中兴书》”两条并列，注文也说到《化书》，内容较为详细，却并没有提到“齐丘杀景升”事：“又宋景濂曰，齐丘子六一名《化书》，言道、术、德、仁、食、俭六化为甚悉。世传为伪唐宋齐丘子嵩作，张文潜题其后云：齐丘犬鼠之雄，盖不足道。其为《化书》，虽皆浅机小数，亦微有见于黄老之所谓道德者。噫，是书之作，非齐丘也。终南山隐者谭峭景升也，齐丘窃之耳。”

《化书》六卷，旧题五代南唐宋齐丘撰，又名《齐丘子》，分《道化》、《术化》、《德化》、《仁化》、《食化》、《俭化》六篇。明人宋濂《诸子辨》也认为此书实为南唐终南山隐者谭峭所著，齐丘窃为己作。看来，从宋代到明代，《化书》著作权的归属，已经有多位学者认为应当从齐丘手中剥夺。

顾炎武引录《世说》“郭象者为人薄行有俊才”之说后，又议论道：“今代之人但有薄行而无俊才，不能通作者之意，其盗窃所成之书，必不如元本，名为钝贼何辞！”指责当时人但有“薄行”却没有起码的鉴识能力，经其盗窃而成之书，比较原本，不免质量下劣。这样的盗贼，实是“钝贼”。顾炎武又说：“《旧唐书》：姚珽尝以其曾祖察所撰《汉书训纂》多为后之注《汉书》者隐没名字，将为己说。珽乃撰《汉书绍训》四十卷以发明旧义，行于代。吾读有明弘治以后经解之书，皆隐没古人名字将为己说者也。”

关于姚察所撰《汉书训纂》被诸多“后之注《汉书》者”剿窃后，姚珽不得不撰《汉书绍训》以重申其曾祖的学术主张，发明旧义一事，《旧唐书》卷八九《姚珽传》的记载是：“珽尝以其曾祖察所撰《汉书训纂》，多为后之注《汉书》者隐没名氏，将为己说。珽乃撰《汉书绍训》四十卷，以发明旧义，行于代。”《新唐书》卷一〇二《姚珽传》也写道：“始，曾祖察尝撰《汉书训纂》，而后之注《汉书》者，多窃取其义为己说，珽著《绍训》以发明旧义云。”

这种“盗窃所成之书”，将原著者“隐没名氏，将为己说”的情形，在明代似乎相当盛行。顾炎武于是在“以他人之书而窃为己作，郭象《庄子注》、何法盛《晋中兴书》之类是也”句后接着说，“若有明一代之人，其所著书无非窃盗而已”。

顾炎武在《钞书自序》中还曾经这样说，“至于今代而著书之人几满天下，则有盗前人之书而为自作者矣。故得明人书百卷，不若得宋人书一卷也”（《亭林诗文集·文集》卷二）。他对于“有明一代”，特别是“有明弘治以后”盛起的剿窃风气，即“盗前人之书而为自作者”，“其所著书无非窃盗而已”情形的指斥，和人们关于明代学术存在“荒陋”“空疏”倾向的认识（丁文江：《奉新宋长庚先生传》），是大体一致的。

《光明日报》“学者答问录”曾经刊出李学勤先生“关于空疏学风”的谈话，其中说到明代学风的特征：“明人不去真正读书，做学问的兴趣却仍然很高，从性命到时事经济，题目很大，而且‘朝立一旨，暮即成宗’，以此相互标榜，但内容都是空的，既脱离书本也脱离实际。”于是形成了“空疏”的学风，“虽名为学，而实不知学”。有人写文章就此提出不同意见，坚持说“明末学风并不空疏”，举若干明代晚期学术成果为例。其实，个别学术收获的成就，似乎不能否定当时学风“空疏”的大气候。这些成就中的许多内容，其实也往往如李学勤先生所说，“是对空疏学风既反抗但又不能完全摆脱的表现”（王子今：《空疏之学与笃实之功》，《读书》1992 年 1 期）。

关于明代的剽窃案，《四库全书总目》卷一一四还说到《太古遗音》一书：“《太古遗音》，无卷数，浙江巡抚采进本，明杨抡撰，卷首系《四古赞》一篇，其中《上古琴样》一篇，自伏羲、神农迄刘伯温，凡三十四人之琴，皆绘之为图，不经殊甚。又绘钟子期像，而以己像厕其后，尤为妄诞。焦竑《经籍志》有‘《太古遗音》四卷’，称袁均哲著，今未之见。或抡窃其书，而改窜之，未可知也。”不过，以为可能杨抡“窃其书”而加以“改窜”的判断，似乎仅仅只是一种推测，尚不能定案。

清人全祖望《翰林院编修赠学士长洲何公墓碑铭》又曾经说到一起比较复杂的“窃书”案：“公之卒，逾二十余年，而其门人陆君锡畴谓予曰：‘吾师遭遇之详，子既熟知之矣。其身后之蹇，亦知之乎？’予曰：‘未之闻也。’曰：‘吾师最矜慎，不肯轻著书。苟有所得，再三详定，以为可者，则约言以记之，积久遂成《道古录》如干卷，盖亦厚斋《困学纪闻》之流。乃同门有荷吾师嘘拂之力，而晚背之者，窃其书去，因干没焉，今遂不可得，是一恨也。年来颇有嗜吾师之学者，兼金以购其所阅经史诸本，吴下估人多冒其迹以求售，于是有何氏伪书，而人莫之疑，又一恨也。’”（《鲒埼亭集》卷一七）锡畴所陈述之心中“一恨”，是他的老师平生“积久”之学术成就“《道古录》如干卷”被不肖之徒“窃其书去”，于是以为私有。“干没”，较早见于《史记》卷一二二《酷吏列传》说张汤事。张守节《正义》：“干没，谓无润及之而取他人也。”《通雅》卷五：“干没，犹言白没之也。”晋代的著名“帅哥”潘岳，据说“少时常挟弹出洛阳道，妇人遇之者，皆连手萦绕，投之以果，遂满车而归”，然而却受到“干没”的批评。《晋书》卷五五《潘岳传》说，潘岳“性轻躁，趋世利”，谄事权贵，他的母亲多次责备道：“尔当知足，而干没不已乎？”而潘岳终不能改。“干没”，一般指侵吞原非己有的财物。如唐人颜真卿《李司空碑》所谓“干没之赃，一征百万”。鲁迅《〈奔流〉编校后记》也曾经写道：“这迟延的原因，其一，据出版所之说，是收不回成本来，那么，这责任只好归给各地贩卖店的干没……”（《集外集》附录，《鲁迅全集》，人民文学出版社 1981 年版，第 7 卷第 188 页）陆锡畴所陈述之心中之“又一恨”，是有嗜何氏之学者求购其所阅经史诸本，于是“吴下估人多冒其迹”，而有“何氏伪书”出现。所怨恨的，已不在“窃书”，而在“盗名”。

陆锡畴所恨者二：一则同门窃其书去，因干没“今遂不可得”；一则估人多冒其迹以求售，“而人莫之疑”。这真是大学问家最深切的悲哀。

《日知录》所谓“汉人好以自作之书而托为古人”，“晋以下人则有以他人之书而窃为己作”，说到文化史中不同的时代，对于著作权的认识也是有所不同的。在“汉人”的文化观念中，似乎还没有自我维权的意识。他们大概更为注重自己的主张，自己的观点的宣传。“晋以下人”就不同了。大约这时的著作已经开始和作者的实际利益挂钩，所以何法盛才会对郗绍说：“卿名位贵达，不复俟此延誉。我寒士，无闻于时，如袁宏、干宝之徒，赖有著述，流声于后。宜以为惠。”有“著述”，则不仅有得“誉”之“惠”，还可以终获“贵达”。“窃书”的动机，在于明确的“世利”谋求，于是受到鄙弃。

在走向近世的学术史进程中，情形又有不同。人们已经注意到这种行为的反科学的性质，反对之声，于是有正义的底气。

梁启超曾经盛赞清代考据学者“科学的研究法”，“科学的研究精神”。他总结清人考据有以下这样十种特色：

> 1. 凡立一义，必凭证据；无证据而臆度者，在所必摈。
>
> 2. 选择证据，以古为尚。以汉唐证据难宋明，不以宋明证据难汉唐；据汉魏可以难唐，据汉可以难魏晋，据先秦西汉可以难东汉。以经证经，可以难一切传记。
>
> 3. 孤证不为定说。其无反证者姑存之，得有续证则渐

信之，遇有力之反证则弃之。

4. 隐匿证据或曲解证据，皆认为不德。

5. 最喜罗列事项之同类者，为比较的研究，而求得其公则。

6. 凡采用旧说，必明引之，剿说认为大不德。

7. 所见不合，则相辩诘，虽弟子驳难本师，亦所不避，受之者从不以为忤。

8. 辩诘以本问题为范围，词旨务笃实温厚。虽不肯枉自己意见，同时仍尊重别人意见。有盛气凌轹，或支离牵涉，或影射讥笑者，认为不德。

9. 喜专治一业，为“窄而深”的研究。

10. 文体贵朴实简絜，最忌“言有枝叶”。

这十种特色，现在看来依然闪射着科学之光。如果说中国学术的优良传统得到清人的继承和发扬，应当是确切的判断。梁启超又说：“当时学者，以此种学风相矜尚，自命曰‘朴学’。”他在总结清代学术特色的同时，其实也在提倡一种科学的学术风格。所列十条，对于今天的学者，都有规诫的意义。今天学者讲求“学术规范”，批判“学术腐败”，其实有时仍然是在重复强调其中某些原则。

其中所谓“凡采用旧说，必明引之，剿说认为大不德”，特别值得我们注意。和其他两种“认为不德”（“隐匿证据或曲解证据，皆认为不德”，“有盛气凌轹，或支离牵涉，或影射讥笑者，认为不德”）相比，这种“认为大不德”，说明在清代考据学者的眼中，“剿说”严重违反了一般学术规范，而且严重违反了学术道德的基本原则。

钱大昕在《〈廿二史考异〉序》中的自述，可以作为“剿说认为大不德”的补充说明：“间与前人暗合者，削而去之；或得于同学启示，亦必标其姓名。郭象、何法盛之事，盖深耻之也。”钱大昕主张，偶然与前人相合的学术见解，则毅然删削；如果因学友启示所得，也一定标示其姓名。这种态度，无疑是值得称许的。所谓“郭象、何法盛之事，盖深耻之也”，则明确划定了道德原则的一条基线。

说到这里，不妨再引录梁启超在《清代学术概论》中的另一段话。他说：“将现在学风与前辈学风相比照，令吾曹可以发现自己种种缺点。知现代学问上笼统影响凌乱肤浅等等恶现象，实我辈所造成。此等现象，非彻底改造，则学问永无独立之望，且生心害政，其流且及于学问社会以外。吾辈欲为将来之学术界造福耶？抑造罪耶？不可不取鉴前代得失以自策厉。”（《清代学术概论》，《梁启超论清学史二种》，朱维铮校注，复旦大学出版社 1985 年版，第 86 页）我们的确应当就此“彻底改造”学界种种“恶现象”，而首要的事，也许在于洗刷“自己种种缺点”。我们应当记得梁老先生的鼓励，“为将来之学术界造福”，不至于为后来的学术积累，打下“豆腐渣”式的地基，而令后人说到当今学术时，一如清人之鄙议明人。

吕蒙读史

吕蒙是三国时期孙吴的主要将领，名列“孙吴四将”（即周瑜、鲁肃、吕蒙、陆逊）之一。他以谋袭关羽，夺取荆州的成功，使魏蜀吴政治版图显著改变，为孙吴的国家安全奠定了重要的基础。关羽败死之后，刘备集团一蹶不振，正如明代学者胡应麟所说：“余读陈寿书，至关忠义之走麦城，未尝不掩卷三叹也。盖汉事至斯，遂无复可为者矣。”（《关忠义》，《少室山房集》卷九六）吕蒙因此封侯，又得“赐钱一亿，黄金五百斤”（《三国志》卷五四《吴书·吕蒙传》）。后人评价吕蒙，认为他是“出贫贱，而勋伐甚高”（《新唐书》卷一二二《魏元忠传》）的杰出人物的典型。杜甫有《公安县怀古》诗：“野旷吕蒙营，江深刘备城。寒天催日短，风浪与云平。洒落君臣契，飞腾战伐名。维舟倚前浦，长啸一含情。”（《杜工部诗》卷一三）明代诗人高启也有咏叹吕蒙事迹的诗句：“何处吹愁角一声，大江东岸吕蒙营。天随流水茫茫去，月共长庚耿耿明。敌意有图秋暂息，客魂无定夜还惊。欲陪酾酒楼船座，借问风潮早晚平。”（《寄余左司》，《大全集》卷一四）可见吕蒙的政治军事实践，形成了相当深刻的历史印迹。

《三国志》卷五四《吴书·吕蒙传》裴松之注引《江表传》中有一段很有意思的文字，讲述了这位名将重视读书的故事：

初，权谓蒙及蒋钦曰："卿今并当涂掌事，宜学问以自开益。"蒙曰："在军中常苦多务，恐不容复读书。"权曰："孤岂欲卿治经为博士邪？但当令涉猎见往事耳。卿言多务孰若孤，孤少时历《诗》、《书》、《礼记》、《左传》、《国语》，惟不读《易》。至统事以来，省'三史'、诸家兵书，自以为大有所益。如卿二人，意性朗悟，学必得之，宁当不为乎？宜急读《孙子》、《六韬》、《左传》、《国语》及'三史'。孔子言'终日不食，终夜不寝以思，无益，不如学也'。光武当兵马之务，手不释卷。孟德亦自谓老而好学。卿何独不自勉勖邪？"蒙始就学，笃志不倦，其所览见，旧儒不胜。后鲁肃上代周瑜，过蒙言议，常欲受屈。肃拊蒙背曰："吾谓大弟但有武略耳，至于今者，学识英博，非复吴下阿蒙。"蒙曰："士别三日，即更刮目相待。大兄今论，何一称穰侯乎。兄今代公瑾，既难为继，且与关羽为邻。斯人长而好学，读《左传》略皆上口，梗亮有雄气，然性颇自负，好陵人。今与为对，当有单复以乡待之。"密为肃陈三策，肃敬受之，秘而不宣。权常叹曰："人长而进益，如吕蒙、蒋钦，盖不可及也。富贵荣显，更能折节好学，耽悦书传，轻财尚义，所行可迹，并作国士，不亦休乎！"

这段文字的大意是说，孙权有一次与吕蒙和蒋钦谈话，劝勉道："你们现今负有重要职责，应当重视学习以增益才干。"吕蒙回答："做军中统帅，事务繁忙，恐怕没有时间来读书了。"

孙权说："我难道是要你们专门研究经书做博士吗？只是希望你们有所涉猎熟悉历史经验而已。你说你的事务繁忙，难道能超过我吗？我小的时候学了《诗经》、《尚书》、《礼记》、《左传》、《国语》，只是没有读《周易》。担任最高统帅以来，又读了'三史'和诸家兵书，自以为收获非常大。像你们两位，资性聪明，如果重视学习，必定大有所获，为什么不这样做呢？应当先读《孙子》、《六韬》、《左传》、《国语》及'三史'。孔子说：'日夜苦思，废寝忘食，也未必有什么益处，不如读书学习。'汉光武帝刘秀在战争年代依然手不释卷。曹操也说自己老而好学。你们为什么不自己发愤努力呢？"吕蒙于是开始刻苦学习，所获心得，甚至超过了就学多年的一般的读书人。后来鲁肃取代周瑜主持军政，在和吕蒙讨论军务时，吕蒙的见解往往高明深刻。鲁肃亲切地对吕蒙说："我原以为你只是有领军作战的经验而已，没想到今天竟然学识英博，不再是过去的吴下阿蒙了。"吕蒙答道："士别三日，就应当刮目相待。"他又建议鲁肃认真对付关羽，说到关羽"长而好学，读《左传》略皆上口，梗亮有雄气"，只是性格自负，不尊重他人。吕蒙又为鲁肃提了三条重要建议，鲁肃诚恳地接受，秘而不宣示于他人。后来孙权曾经感叹道："人成年之后又立志于学，有所收益，像吕蒙、蒋钦这样的，实在是令人敬佩。已经富贵荣显，仍然能够虚心好学，热心读书，以致于道德事业都各有成就。他们受到国家的礼遇和重用，不是理所当然的吗！"《广博物志》卷二九引《拾遗记》写道："吕蒙读书，开西馆以延杰髦，共相揖扬，识见日进。桥名西馆，至今存焉。"说吕蒙读书，还曾邀请当时名士一起讨论，因此大有进步。民间流传这段佳话，甚至用吕蒙读书讨论的地点“西馆”作为桥名，以为长久的纪念。

孙权以自己研习“三史”，大有所益的经验，在建议吕蒙读书时，所列应当“急读”也就是应当首先尽早阅读的书目中，也包括“三史”。这里所说的“三史”，就是司马迁撰著的《史记》、班固撰著的《汉书》和东汉王朝的官修史书《东观汉记》。孙权建议吕蒙“急读”的《左传》和《国语》，是记述春秋时期历史的古代文献。

吕蒙因为“笃志不倦”，至于“学识英博”，其中自然有研读史书的收获。他对关羽的评价，注意到对方“好学”又略通《左传》，有一定的历史见识，也体现出他对读史的特殊重视。后来一代名将关羽终于在与吕蒙的对抗中败北，演出了“走麦城”这样的人生事业的悲剧。吕蒙的功业，达到其军事生涯辉煌的顶点。《三国志》的作者陈寿对吕蒙曾经发表这样的赞许之辞：“吕蒙勇而有谋断，识军计，谲郝普，禽关羽，最其妙者。初虽轻果妄杀，终于克己，有国士之量，岂徒武将而已乎！”说能够击败关羽，是吕蒙军事指挥最为精妙的战例。他所以“有谋断，识军计”，又“有国士之量”，并非一般的“武将”。这种文化资质的形成，应当与读书而“笃志不倦”的努力有关。其中读史的收益，也是显而易见的。

在中国古代，历来有“鉴古知今”的说法。历史知识有益于为现实的政治服务，久已成为一种文化共识。借鉴历史上的得失成败，吸取经验和教训，是中国历代从政的人们长期形成的一种传统。这就是孙权说的“当令涉猎见往事耳”。其实，不论古今中外，一般有作为的政治活动家，往往对于历史学都予以一定的重视。这是因为历史经验的借鉴和历史智慧的继承，有助于他们的政治实践，能够为比较准确的政治预见，比较稳重的政治导向，比较成功的政治管理创造重要的条件。

从事政治管理应当具备历史知识，是毛泽东长期以来坚持的观点。毛泽东本人就是一位十分关心历史学、充分重视历史学，对于历史既有浓重的兴趣，也有深刻的理解，特别善于运用历史知识于政治斗争实践的革命家。他的政治事业的成功，其实和他深厚的历史学素养有着直接的关系。

毛泽东非常熟悉三国历史，也对三国历史有特殊的爱重之心。他在青年时期在《〈伦理学原理〉批注》中写道："吾人揽〈览〉史时，恒赞叹战国之时，刘、项相争之时，汉武与匈奴竞争之时，三国竞争之时，事态百变，人才辈出，令人喜读。"1958年12月，毛泽东在中共八届六中全会上印发《三国志》卷八《魏书·张鲁传》，并亲自写了两个批语。写于12月7日的第一个批语，有这样的内容："这里所说的群众性医疗运动，有点像我们人民公社免费医疗的味道"，"道路上饭铺里吃饭不要钱，最有意思，开了我们人民公社公共食堂的先河"。毛泽东还认为，"现在的人民公社运动，是有我国的历史来源的。"三天以后，毛泽东又写了第二篇批语。在八届六中全会上印发的是后一篇批语。其中对于"五斗米道的经济、政治纲领"作了说明，包括"公共宿舍"，"吃饭不要钱"，"以犯轻微错误的人修路"，"以说服为主要方法"，"近乎政社合一，劳武结合，但以小农经济为基础"等，表现更鲜明的赞许和支持的倾向。这些事实看来确实可以说明，中国历史上农民平均主义理想社会的思想，曾经给了毛泽东或多或少的影响。而毛泽东对三国历史故事的熟悉，也得到生动的说明。1959 年 4 月，在上海召开的中共八届七中全会上，毛泽东曾经向到会的高级干部推荐《三国志》卷一四《魏书 · 郭嘉传》。据薄一波回忆：毛泽东介绍《郭嘉传》让大家看，是希望党内的各级领导干部做事要多谋善断。毛泽东说，多谋善断这句话，重点在“谋”字上。要多谋，少谋是不行的。要与各方面去商量，反对少谋武断。商量又少，又武断，那事情就办不好。谋是基础，只有多谋，才能善断。谋的目的就是为了断。毛泽东还强调，要当机立断，不要优柔寡断。应当根据形势的变化来改变计划。在 1959 年 7 月会议期间，毛泽东有一次和周小舟、周惠、李锐谈话时，又曾经说道：“‘国乱思良将，家贫思贤妻’，这是《三国志 · 郭嘉传》上的话。曹操打袁绍，吃了大败仗，于是想念郭嘉。”其实，所谓“国乱思良将，家贫思贤妻”，并不见于《三国志》卷一四《魏书 · 郭嘉传》，而实际上出自于清代就曾经风靡民间的格言集录《增广贤文》。这一说法，最初可能是由《史记》卷四四《魏世家》中的“家贫则思良妻，国乱则思良相”演化而来。据李锐的回忆，毛泽东在一次和周小舟、周惠、胡乔木、田家英、李锐谈话时，“又谈到袁绍之优柔寡断，不会用将。《曹操传》《郭嘉传》中对此都有反映”。

毛泽东用三国历史教育干部的另一个例证，即引用吕蒙的故事鼓励干部读书。1958 年，毛泽东视察安徽，张治中、罗瑞卿同行。毛泽东在火车上读《三国志》卷五四《吴书 · 吕蒙传》，对于裴松之注引《江表传》说到军人出身的吕蒙刻苦学习，成为文武全才的事迹很感兴趣。视察途中毛泽东在闲谈中说：吕蒙是行伍出身，没有文化，很感不便。后来孙权劝他读书，他接受了劝告，勤学苦读，以后当了东吴的统帅。现在我们的高级军官中，百分之八九十都是行伍出身，参加革命后才学文化的，他们不可不读《三国志》的《吕蒙传》。

毛泽东还就吕蒙的故事对当时随行的公安部长罗瑞卿说：“公安干警应成为有文有武的人，才能适应社会主义建设新时期的要求。”

我们今天回顾吕蒙读史的故事以及毛泽东关于领导干部“不可不读《三国志》的《吕蒙传》”的建议，依然可以得到重要的启示。现在的领导干部，大致已经不存在“行伍出身，没有文化”的问题了，但是人文社会科学知识，特别是历史知识欠缺的现象，可能还是存在的。面对现今新的时代文化背景，领导干部如果对自己提出新的“有文有武”的要求，以“笃志不倦”的精神努力充实自身知识结构的薄弱环节，显然还是必要的。

唐诗“苏武”咏唱

《汉书》卷七《昭帝纪》记载，始元六年（前81）春“移中监苏武前使匈奴，留单于庭十九岁乃还，奉使全节，以武为典属国，赐钱百万”。《汉书》卷八《宣帝纪》：本始元年（前73），“赐右扶风德、典属国武、廷尉光、宗正德、大鸿胪贤、詹事畸、光禄大夫吉、京辅都尉广汉爵皆关内侯。德、武食邑”。周德、苏武、李光、刘德、韦贤、宋畸、丙吉、赵广汉都得到关内侯爵位。而苏武“食邑”。颜师古注：“张晏曰：‘旧关内侯无邑也，以苏武守节外国，刘德宗室俊彦，故特令食邑。’”苏武因“奉使全节”，“守节外国”得到封赐，晋身为贵族。“甘露三年，单于始入朝。上思股肱之美，乃图画其人于麒麟阁，法其形貌，署其官爵姓名。唯霍光不名，曰大司马大将军博陆侯姓霍氏，次曰卫将军富平侯张安世，次曰车骑将军龙侯韩增，次曰后将军营平侯赵充国，次曰丞相高平侯魏相，次曰丞相博阳侯丙吉，次曰御史大夫建平侯杜延年，次曰宗正阳城侯刘德，次曰少府梁丘贺，次曰太子太傅萧望之，次曰典属国苏武。皆有功德，知名当世，是以表而扬之，明著中兴辅佐，列于方叔、召虎、仲山甫焉。凡十一人，皆有传。”苏武得到最高等级的“表”“扬”，这位历史人物的社会文化定位也自此尊贵，又以“守节”“全节”，成为政治道德的象征性符号。

对于苏武的评价，《汉书》卷五四《苏武传》确定了基调。

苏武的文化品级因班固定义，后来得到长久普遍的认同。而了解唐人具有时代特色的苏武观，可以由唐诗作为分析的标本。

1.“苏武在匈奴，十年持汉节”

班固记述,苏武使团发生外交事故,苏武首先依“屈节”自责：“（苏）武谓（常）惠等：‘屈节辱命，虽生，何面目以归汉！’引佩刀自刺。”囚禁匈奴中，“杖汉节牧羊，卧起操持，节旄尽落”。苏武以“奉使全节”，“守节外国”成就为道德标范。我们不知道汉宣帝当时“图画其人于麒麟阁，法其形貌”时，苏武的画像是否持节，但是他在中国传统政治文化长久记忆中的形象，都是“杖汉节”的。《后汉书》卷五九《张衡传》所谓“苏武以秃节效贞”，《晋书》卷一〇〇《王机传》所谓“苏武不失其节”，都说明苏武在历史舞台上具有纪念意义的亮相，“节”是最重要的道具。

距苏武生活的时代不远，人们已经以所谓“苏武节”作为正面象征国家形象和外交原则的符号了。《晋书》卷六六《陶侃传》：“王导入石头城，令取故节。侃笑曰：‘苏武节似不如是。’导有惭色,使人屏之。”《晋书》卷八五《何无忌传》：“……俄而西风暴急，无忌所乘小舰被飘东岸。贼乘风以大舰逼之。众遂奔败。无忌尚厉声曰：‘取我苏武节来！’节至，乃躬执以督战。贼众云集,登舰者数十人。无忌辞色无挠,遂握节死之。”

唐诗中的苏武，也以“持汉节”为形象标志。

如李白的《苏武》诗：“苏武在匈奴，十年持汉节。白雁上林飞，空传一书札。牧羊边地苦，落日归心绝。渴饮月窟冰，饥餐天上雪。东还沙塞远，北怆河梁别。泣把李陵衣，相看泪成血。”（《李太白文集》卷一九）所谓“十年持汉节”，不说十九年，不说二十年，却可能符合历史真实。《汉书》卷五四《苏武传》的记载是：“武既至海上，廪食不至，掘野鼠去中实而食之。杖汉节牧羊，卧起操持，节旄尽落。积五六年，单于弟于靬王弋射海上。武能网纺缴，檠弓弩，于靬王爱之，给其衣食。三岁余，王病，赐武马畜服匿穹庐。”所谓“积五六年”，再加上“三岁余”，正是大约“十年”左右。张仲素《塞下曲五首》之五：“阴碛茫茫塞草腓，桔槔烽上暮烟飞。交河北望天连海，苏武曾将汉节归。”（《乐府诗集》卷九三《新乐府辞·乐府杂题》）也以“汉节”作为苏武艰苦的人生奋斗和忠直坚守的标志。《汉书》卷五四《苏武传》：“言苏武使匈奴二十年不降。”颜师古注：“实十九年，而言二十者，欲久其事以见冤屈，故多言也。”

陈羽《读〈苏属国传〉》写道：“天山西北居延海，沙塞重重不见春。肠断帝乡遥望日，节旄零落汉家臣。”（《全唐诗》卷三四八）《汉书》卷五四《苏武传》“节旄尽落”，此言“节旄零落”，文字略有不同。卢照邻《雨雪曲》：“虏骑三秋入，关云万里平。雪似胡沙暗，冰如汉月明。高阙银为阙，长城玉作城。节旄零落尽，天子不知名。”（《卢升之集》卷二）则作“节旄零落尽”，更接近《汉书》本文“节旄尽落”。王之涣《惆怅诗·苏李》也写作“节旄零落”：“少卿降北子卿还，朔野离觞惨别颜。却到茂陵惟一恸，节旄零落鬓毛斑。”（〔唐〕韦縠编：《才调集》卷七）陈陶《水调词十首》之六：

“自从清野戍辽东，舞袖香销罗幌空。几度长安发梅柳，节旄零落不成功。”（《万首唐人绝句》卷三五）也作“节旄零落”。“节旄零落”也多见于后世诗句。〔宋〕黄彻《碧溪诗话》卷九：“少游赠坡诗云：‘节旄零落毡餐雪，辨舌纵横印佩全。”〔元〕王恽《乞雁歌》：“节旄零落瘴海烟，冠盖都门闹昏晓。我欲因之附尺书，西北烟尘静如扫。”（《秋涧集》卷六）〔元〕张翥《题郝内翰书所作梦观琼花赋后》：“老奸欺国驰露布，使者坐囚吞雪毡。”“节旄零落喜生还，回首江南已如梦。”（《蜕庵集》卷一）〔明〕刘炳《承承堂为洪善初题》：“燕山六月雪花大，节旄零落肌肤伤。”“子卿归来典属国，茂林树老愁云荒。”（《刘彦昺集》卷五）又如〔明〕丘浚《苏武归朝图》：“茂陵烟树碧萧疏，白首生还志不渝。面目依稀犹似昔，节旄零落已无余。归期不待羝生乳，远信真成雁寄书。颇有幽怀忘未得，梦魂时或到穹庐。”（《重编琼台稿》卷五）〔清〕郑方坤《全闽诗话》卷八《明》引《闽小记》：“谢在杭十余岁时学为诗，有人持《苏武牧羊图》者，即为题云：‘沙满旃裘雪满天，节旄零落海云边。上林飞雁来何晚，空牧羝羊十九年。”

戎昱《闻颜尚书陷贼中》诗也说到“苏武节”：“闻说征南没，那堪故吏闻。能持苏武节，不受马超勋。国破无家信，天秋有雁群。同荣不同辱，今日负将军。”（《全唐诗》卷二七〇）杜甫《喜闻官军已临贼境二十韵》有宣扬“官军”“兵威”的诗句：“今日看天意，游魂贷尔曹。乞降那更得，尚诈莫徒劳。元帅归龙种，司空握《豹韬》。前军苏武节，左将吕虔刀。兵气回飞鸟，威声没巨鳌。”（《九家集注杜诗》卷一九）关于“苏武节”，清代学者何焯《义门读书记》卷五三《杜工部集》解释说："'苏武节'有必死之心。"明确了"苏武节"作为一种文化象征的意义。

正是在"杖汉节牧羊，卧起操持，节旄尽落"事迹的基础上，《苏武传》发表了班固对这位历史人物的评价："孔子称'志士仁人，有杀身以成仁，无求生以害仁'，'使于四方，不辱君命'，苏武有之矣。"

李瀚《蒙求》诗应是作为儿童识字课本使用的作品："韦贤满籯，夏侯拾芥。阮简旷达，袁躭俊迈。苏武持节，郑众不拜。郭巨将坑，董永自卖。"（《全唐诗》卷八八一）所说都是历史人物正面形象。其中"苏武持节"事，使这种童蒙读本在文化教材之外，又有着道德教材、政治教材的意义。"苏武持节"的形象，于是具有了远远超越汉宣帝时"图画其人于麒麟阁，法其形貌"的广泛的社会影响。

2. 苏武"以勇武显闻"

班固有一段对西汉人才史的精彩评断，见于《汉书》卷五八《公孙弘卜式兒宽传》的赞语。班固说，汉武帝时代"群士慕向，异人并出"，"汉之得人，于兹为盛"。所以能够使得"兴造功业，制度遗文，后世莫及"。其中说到与匈奴战争与交往关系中有重要贡献的人物："奉使则张骞、苏武；将率则卫青、霍去病。"在这里，苏武是作为外交家的形象出现的。同时的著名的军事家即卫青、霍去病。

然而同样是在《汉书》中，又有把苏武列入军事将领的情形。《汉书》卷六九《赵充国辛庆忌传》最后的赞语写道："赞曰：秦汉已来，山东出相，山西出将。秦将军白起，郿人；王翦，频阳人。汉兴，郁郅王围、甘延寿，义渠公孙贺、傅介子，成纪李广、李蔡，杜陵苏建、苏武，上邽上官桀、赵充国，襄武廉褒，狄道辛武贤、庆忌，皆以勇武显闻。苏、辛父子著节，此其可称列者也，其余不可胜数。”苏武赫然名列于“皆以勇武显闻”的军事英雄之中。

唐人僧贯休《战城南》二首之二是以战争背景咏怀苏武功业的：“碛中有阴兵，战马时惊蹶。轻猛李陵心，摧残苏武节。黄金锁子甲，风吹色如铁。十载不封侯，茫茫向谁说。”（〔唐〕释贯休《禅月集》卷一）苏武的“勇武”，得到了真切生动的体现。

我们看到，多数唐代诗人似乎并未对苏武的军事实践予以较多的关注。其“勇武”精神少有体现。唐诗中苏武的形象，更多地是诗人们以悲苦幽怨的笔调描绘出来的。

3. 苏武的“愁”“恨”“冤屈”

一些歌咏苏武的唐诗，是以比较低沉的情调表现对苏武以苦难为基色的人生悲剧的同情的。

杜甫《题郑十八著作文》写道：“台州地阔海冥冥，云水长和岛屿青。乱后故人双别泪，春深逐客一浮萍。酒酣懒舞谁相拽，诗罢能吟不复听。第五桥东流恨水，皇陂岸北结愁亭。贾生对鹏伤王傅，苏武看羊陷贼庭……”（《九家集注杜诗》卷一九）其中“苏武看羊”和“贾生对鹏”对说，又有“别泪”、“恨水”、“愁亭”，以悲苦情调渲染氛围，苏武竟被淹没其中。又如刘商《胡笳十八拍》的第九拍：“当日苏武单于问，道是宾鸿解传信。学他刺血写得书，书上千重万重恨。髯胡少年能走马，弯弓射飞无远近。遂令边雁转怕人，绝域何由达方寸。”（〔宋〕郭茂倩辑《乐府诗集》卷五九《琴曲歌辞》）诗人以所谓“千重万重恨”总结苏武生涯中确实充满苦难的情节。

王维《陇头吟》写道：“长安少年游侠客，夜上戍楼看太白。陇头明月迥临关，陇上行人夜吹笛。关西老将不胜愁，驻马听之双泪流。身经大小百余战，麾下偏裨万户侯。苏武才为典属国，节旄空尽海西头。”（〔宋〕郭茂倩辑《乐府诗集》卷五九《琴曲歌辞》）所谓“不胜愁”“双泪流”云云，应是诗作者自己对边地百战将士心境的推想。温庭筠的《达摩支》也有说到“苏武”的诗句：“捣麝成尘香不灭，拗莲作寸丝难绝。红泪文姬洛水春，白头苏武天山雪。君不见，无愁高纬花漫漫，漳浦宴余清露寒。一旦臣僚共囚虏，欲吹羌管先汍澜。旧臣头鬓霜华早，可惜雄心醉中老。万古春归梦不归，邺城风雨连天草。”（《温飞卿诗集笺注》卷二）其中“红泪文姬洛水春，白头苏武天山雪”句，说西北大漠荒原远行的艰难。未可预料的苏武“一旦臣僚共囚虏”的经历，当然更增益了愁苦心绪。

顾况的《刘禅奴弹琵琶歌·感相国韩公梦》诗也以“哀”“愁”笔调写述李陵、苏武故事：“乐府只传横吹好，琵琶写出关山道。羁雁出塞绕黄云，边马仰天嘶白草。明妃愁中汉使回，蔡琰愁处胡笳哀。鬼神知妙欲收响，阴风切切四面来。李陵寄书别苏武，自有生人无此苦。当时若值霍骠姚，灭尽乌孙夺公主。”（《全唐诗》卷二六五）

塞外的“风沙”“雨雪”，“觱篥”“胡歌”，都动摇着征人戍客的思绪。“幽咽”“凄凉”的自然和人文的旋律，都使得远行者伤心垂泪。对于这样的情感，诗人们往往习惯借以“苏武”作为最典型的代表人物来体会和描写。李端的《雨雪曲》写道：“天山一丈雪，杂雨夜霏霏。湿马胡歌乱，经烽汉火微。丁零苏武别，疏勒范羌归。若著关头过，长榆叶定稀。”（〔宋〕郭茂倩辑：《乐府诗集》卷二四《横吹曲辞》）又如白居易的《赋得听边鸿》：“惊风吹起塞鸿群，半拂平沙半入云。为问昭君月下听，何如苏武雪中闻。”（《白氏长庆集》卷一五）白居易的另一名作《听芦管》写道：“幽咽新芦管，凄凉古竹枝。似临猨峡唱，疑在雁门吹。调为高多切，声缘小乍迟。粗豪嫌觱篥，细妙胜参差。云水巴南客，风沙陇上儿。屈原收泪夜，苏武断肠时。仰秣胡驹听，惊栖越鸟知。何言胡越异，闻此一同悲。”（《万首唐人绝句》卷五三）诗人体会的“苏武断肠”心境，似是通过自身的行旅感受获得的。

对于苏武漫长而艰苦的塞外生涯，杜牧《边上闻笳三首》之一有这样的感叹：“何处吹笳薄暮天，塞垣高鸟没狼烟。游人一听头堪白，苏武争禁十九年。”（《万首唐人绝句》卷二六）胡曾《居延》诗则写道：“漠漠平沙际碧天，问人云此是居延。停骖一顾犹魂断，苏武争禁十九年。”（〔唐〕胡曾：《咏史诗》卷一）言戈壁黄沙，使人“头”“白”“魂断”，意境相近，而最后一句“苏武争禁十九年”竟然完全相同。明代文学家杨慎以此为“唐诗不厌同”的实例，指出：“唐人诗句不厌雷同，绝句尤多。”引杜牧、胡曾“苏武争禁十九年”句即作为例证。然而引胡曾诗云：“漠漠黄沙际碧天，问人云此是居延。停骖一顾犹魂断，苏武曾消十九年。”（〔明〕杨慎：《丹铅总录》卷一九《诗话类》）末句则略有不同。

前引李端诗“丁零苏武别”强调离别愁思。徐寅题名为《别》的诗作写道：“酒尽歌终问后期，泛萍浮梗不胜悲。东门匹马夜归处，南浦片帆飞去时。赋罢江淹吟更苦，诗成苏武思何迟。可怜范陆分襟后，空折梅花寄所思。”（〔唐〕徐寅：《徐正字诗赋》卷二，《全唐诗》卷七一〇作者题“徐夤”）借名苏武表述的这种心情，诗人总结为“悲”“苦”。他的另一首作品《鸿》诗：“行如兄弟影连空，春去秋来燕不同。紫塞别当秋露白，碧山飞入暮霞红。宣王德美周诗内，苏武书传汉苑中。况解衔芦避弓箭，一声归唳楚天风。”（《徐正字诗赋》卷二，《全唐诗》卷七一〇作者题“徐夤”）通过诗句可以理解诗人对苏武心理的体会。只是从离情别绪的心理视角思考苏武的行迹和心迹，诗句所表现的，大概多是作者本人情绪的寄托。此类苏武咏唱，有可能在一定程度上矮化了苏武精神的文化品级。

骆宾王《边夜有怀》诗：“汉地行逾远，燕山去不穷。城荒犹筑怨，碣毁尚铭功。古戍烟尘满，边庭人事空。夜关明陇月，秋塞急胡风。”诗人又有“倚伏良难定，荣枯岂易通”的感慨，此“倚伏”“荣枯”事与下文“旅魂劳泛梗，离恨断征蓬”比照，有更深沉的文化涵义。随后“苏武封犹薄”句，则是进入另一层次的有关苏武人生悲剧的咏叹（《骆丞集》卷二）。温庭筠的《苏武庙》诗写道：“苏武魂销汉史前，古祠高树两茫然。云边雁断胡天月，陇上羊归塞草烟。回日楼台非甲帐，去时冠剑是丁年。茂陵不见封侯印，空向秋波哭逝川。”（《文苑英华》

卷三二〇）

苏武回到长安之后，经历了上层政治争斗。《汉书》卷五四《苏武传》记载：“武来归明年，上官桀子安与桑弘羊及燕王、盖王谋反。武子男元与安有谋，坐死。初桀、安与大将军霍光争权，数疏光过失予燕王，令上书告之。又言苏武使匈奴二十年不降，还乃为典属国，大将军长史无功劳，为搜粟都尉，光颛权自恣。及燕王等反诛，穷治党与，武素与桀、弘羊有旧，数为燕王所讼，子又在谋中，廷尉奏请逮捕武。霍光寝其奏，免武官。”十九年的艰苦和回归之后的“冤屈”，在唐人诗作中前者受到颇多重视，后者似乎被忽略了。

有的诗作似乎把苏武等塞外生活的感受予以强化，描述为接近“恨”的心迹。如李益《塞下曲》：“黄河东流流九折，沙场埋恨何时绝。蔡琰没去造胡笳，苏武归来持汉节。”（〔宋〕计敏夫：《唐诗纪事》卷三〇）所谓“蔡琰没去造胡笳，苏武归来持汉节”的对仗句的设计，是唐人诗作的惯用笔法，借此也可以发现在诗人的心理世界中“苏武”的相应位置。

4. 苏武在唐人英雄意识中的地位

通过唐诗的对仗形式，可以了解诗句中的“苏武”与怎样的人物比列，也可以因此认识“苏武”在诗人心目中的地位。

唐人对仗诗句中与“苏武”比肩的，多是正面人物，其中亦不乏声名显赫的英雄。

例如，杨炯《和刘长史答十九兄》：“钟仪琴未奏，苏武节犹新。受禄宁辞死，扬名不顾身。精诚动天地，忠义感明神。”

（《文苑英华》卷二四一）苏武与钟仪并说。

鲍溶《陇头水》：“陇头水，千古不堪闻。生归苏属国，死别李将军。细响风凋草，清哀雁落云。”（《乐府诗集》卷二一《横吹曲辞》）苏武与汉武帝时名将李广并列。他的《壮士行》：“西方太白高，壮士羞病死。心知报恩处，对酒歌易水。砂鸿嗥天末，横剑别妻子。苏武执节归，班超束书起。山河不足重，重在遇知己。”（《乐府诗集》卷六七《杂曲歌辞》）苏武与投笔从戎的班超并列。而“心知报恩处，对酒歌易水”句又暗说荆轲。所谓“山河不足重，重在遇知己”，将侠义意识提升到超过国家利益的高度，也值得注意。

李白《奔亡道中五首》之一：“苏武天山上，田横海岛边。万重关塞断，何日是归年。”（《李太白文集》卷一九）苏武与田横并说。据《乐府诗集》卷六九《杂曲歌辞》，李端《千里思》写道：“凉州风月美，遥望居延路。泛泛下天云，青青缘寒树。燕山苏武上，海岛田横住。更是草生时，行人出门去。”苏武同样与田横并列。《全唐诗》卷二五及卷二八四“缘寒树”作“缘塞树”。“塞”是正字。

又前引李端《雨雪曲》“丁零苏武别，疏勒范羌归”句，苏武与范羌并说。

杜甫《寄李十二白二十韵》写道：“昔年有狂客，号尔谪仙人。笔落惊风雨，诗成泣鬼神。声名从此大，汨没一朝伸。文彩承殊渥，流传必绝伦。”随后又有与历史人物的比照：“处士祢衡俊，诸生原宪贫。稻粱求未足，薏苡谤何频。”“几年遭鹏鸟，独泣向麒麟。苏武先还汉，黄公岂事秦。楚筵辞醴日，梁狱上书辰。”据赵彦材注，“诸生原宪贫”句，“原宪，孔门弟子，故谓之诸生”。“薏苡谤何频”句，“马援征交趾，载薏苡种还。人谤之，以为明珠大贝”。“独泣向麒麟”句，“孔子见麟而泣”。“黄公岂事秦”句，“黄公，四皓之一者，避秦隐居商山”。“楚筵辞醴日”句，“穆生见楚王，待之不设醴，知几而辞行也”。“梁狱上书辰”句，“梁孝王下邹阳于狱，而邹阳上书也”。(《九家集注杜诗》卷二〇)杜甫用以比拟李白的历史人物，祢衡、原宪、马援、贾谊、孔子、苏武、黄公、穆生、邹阳等，各有高义明智。通过杜甫的诗句，可知苏武在杜甫心目中的位置，是列于仁人智者之中的。

5. 唐代诗人笔下的“苏李”

《汉书》卷五四《苏武传》有李陵劝苏武降匈奴遭到拒绝的记载：“初，武与李陵俱为侍中，武使匈奴明年，陵降，不敢求武。久之，单于使陵至海上，为武置酒设乐，因谓武曰：‘单于闻陵与子卿素厚，故使陵来说足下，虚心欲相待。终不得归汉，空自苦亡人之地，信义安所见乎？前长君为奉车，从至雍棫阳宫，扶辇下除，触柱折辕，劾大不敬，伏剑自刎，赐钱二百万以葬。孺卿从祠河东后土，宦骑与黄门驸马争船，推堕驸马河中溺死，宦骑亡，诏使孺卿逐捕不得，惶恐饮药而死。来时，大夫人已不幸，陵送葬至阳陵。子卿妇年少，闻已更嫁矣。独有女弟二人，两女一男，今复十余年，存亡不可知。人生如朝露，何久自苦如此！陵始降时，忽忽如狂，自痛负汉，加以老母系保宫，子卿不欲降，何以过陵？且陛下春秋高，法令亡常，大臣亡罪夷灭者数十家，安危不可知，子卿尚复谁为乎？愿听陵计，勿复有云。’”苏武则回答：“武父子亡功德，皆为陛下所成就，位列将，爵通侯，兄弟亲近，常愿肝脑涂地。今得杀身自效，虽蒙斧钺汤镬，诚甘乐之。臣事君，犹子事父也，子为父死亡所恨。愿勿复再言。”李陵的劝说没有成效。“陵与武饮数日，复曰：‘子卿壹听陵言。’武曰：‘自分已死久矣！王必欲降武，请毕今日之欢，效死于前！’陵见其至诚，喟然叹曰：‘嗟乎，义士！陵与卫律之罪上通于天。’因泣下沾衿，与武决去。”李陵对苏武予以生活资助。汉武帝的死讯，李陵也特意通告。“陵恶自赐武，使其妻赐武牛羊数十头。后陵复至北海上，语武：‘区脱捕得云中生口，言太守以下吏民皆白服，曰上崩。’武闻之，南乡号哭，欧血，旦夕临。”苏李对话，使得两人的品格形象形成鲜明的对立。一为忠臣，一为叛将。后世的赞誉和批判，也分别长久地凝伫于苏李两位对于汉帝和汉帝国态度极端对立的人物身上。

据说苏武、李陵是五言诗的创始者。白居易与元稹书，“因论作文之大旨”，说到“五言始于苏李”（《旧唐书》卷一六六《白居易传》）。韩愈《荐士》诗写道：“五言出汉时，苏李首更号。”（〔宋〕魏庆之：《诗人玉屑》卷一二《品藻古今人物》）有说苏李诗伪作的意见，杨慎曾作辩说：“苏文忠公云：苏武李陵之诗，乃六朝人拟作。宋人遂谓在长安而言‘江汉盈卮酒’之句，又犯惠帝讳，疑非本作。予考之，殆不然。班固《艺文志》有《苏武集》、《李陵集》之目。挚虞，晋初人也。其《文章流别志》云，李陵众作，总杂不类，殆是假托，非尽陵制。至其善篇，有足悲者。以此考之，其来古矣。即使假托，亦是东汉及魏人张衡、曹植之流始能之耳。杜子美云：‘李陵苏武是吾师。子美岂无见哉？东坡跋黄子思诗云：苏李之天成，尊之亦至矣。其曰六朝拟作者，一时鄙薄，萧统之偏辞尔。”（〔明〕杨慎：《丹铅总录》卷一九《诗话类》“苏李五言诗”条）。又明人陆深说：“《文选》所载汉苏李诗，苏东坡以为齐梁间小儿所拟，非真当时诗也。《古文苑》又载苏李诗七首。《文苑》后出，尤可致疑。杜子美云：李陵苏武是吾师。然世必有真苏李诗，当是何等？又曰：五言起于苏李。岂作始者固不传耶？”（〔明〕陆深：《俨山集》卷二五《诗话》）对于“苏李”的文化感觉，人们如果从提供文学史贡献的角度看，大致是相近的。不过，唐代诗人作品中言及苏李者，从多视角观察描绘的政治肖像，两人似乎也没有形成绝对的对立。也就是说，人们在赞美苏武的同时，对于李陵，也没有表露态度鲜明的贬斥。储嗣宗《过王右丞书堂二首》之二有“感深苏属国，千载五言诗”句（《全唐诗》卷三九四），是肯定苏武对于五言诗的贡献的。只是没有说到李陵。这一情形，也未必可以看作否定李陵文化影响的例证。

《文苑英华》卷二一一郑愔《胡笳曲》：“汉将留边朔，遥遥岁序深。谁堪牧马思，正是胡笳吟。曲断关山月，声悲雨雪阴。传书问苏武，陵也独何心。”《唐诗纪事》卷一一作“传书向苏武，陵也独何心”。诗句似乎体现出唐人意识中可以体会的苏李的亲近和相互理解。诗人有意强调苏李密切关系的作品，有白行简《李都尉重阳日得苏属国书》：“降虏意何如，穷荒九月初。三秋异乡节，一纸故人书。对酒情无极，开缄思有余。感时空寂寞，怀旧几踌躇。雁尽平沙迥，烟销大漠虚。登台南望处，掩泪对双鱼。”（《文苑英华》卷一八九）胡曾《交河塞下曲》写道：“交河冰薄日迟迟，汉将思家感别离。塞北草生苏武泣，陇西云起李陵悲。晓侵雉堞乌先觉，春入关山雁独知。何处疲兵心最苦，夕阳楼上笛声时。”（〔唐〕韦縠编：《才调集》卷九）“苏武泣”与“李陵悲”对应，体现了苏李情感的相近。李白的诗作《千里思》：“李陵没胡沙，苏武还汉家。迢迢五原关，朔雪乱边花。一去隔绝国，思归但长嗟。鸿雁向西北，因书报天涯。”（《李太白文集》卷四）其中开篇就说到的“李陵没胡沙，苏武还汉家”，颇值得吟味。而所谓“一去隔绝国，思归但长嗟”，应当也是苏李共同的心情。

孟彦深《李陵别苏武》诗写道：“汉武爱边功，李陵提步卒。转战单于庭，身随汉军没。李陵不爱死，心存归汉阙。誓欲还国恩，不为匈奴屈。身辱家已无，长居虎狼窟。胡天无春风，虏地多积雪。穷阴愁杀人，况与苏武别。发声天地哀，执手肺肠绝。白日为我愁，阴云为我结。生为汉宫臣，死为胡地骨。万里长相思，终身望南月。”（《全唐诗》卷一九六）诗人似乎在为李陵的叛降行为进行辩解。这种对李陵心思的理解，已经不为后世人认同。对于苏李的精神对话，元代诗人虞集《李陵别苏武》诗写道：“老羝已乳雁书传，去住初分哭向天。明日节旄归汉地，将军应是独潸然。”（《道园遗稿》卷五《绝句七言》）又如元蒲道源《题党久诚李陵别苏武图》：“陵言臣罪上通天，握手相辞泪泫然。今日果于图上看，丹青谁过子卿贤。”（《闲居丛稿》卷八《七言绝句》）李陵洒泪，“潸然”“泫然”，情感或许可以得到理解，然而苏李道德等次的“贤”与不“贤”，已经形成了文化的成见。

杜甫《解闷十二首》之五则写道：“李陵苏武是吾师，孟子论文更不疑。一饭未曾留俗客，数篇今见古人诗。”（《九家集注杜诗》卷三〇）关于“孟子论文更不疑”，有学者指出：“子美自注云：‘校书郎孟云卿。’则所谓孟子也。”（〔宋〕胡仔：《渔隐丛话》前集卷一四《杜少陵九》）有人说，其说谓“师者，师其文藻”（〔清〕陈廷敬《午亭文编》卷五〇《杜律诗话下》）。也就是说，“李陵苏武”只是在“文藻”方面享受尊重。但是这一情形至少可以说明，李陵在当时的文化人的意识中，并没有因为叛降匈奴受到全面的歧视。

苏李并见于诗句的，还有《文苑英华》卷二九九杨衡《边思》诗：“苏武节旄尽，李陵音信稀。梅当陇上发，人向陇头归。”《万首唐人绝句》卷九“梅”作“花”。《全唐诗》卷五一一“梅”亦作“花”，作者题名“张祜”。徐铉《闻查建州陷贼寄钟郎中》“皓首应全苏武节，故人谁得李陵书”，也可以看作同例。此诗，《骑省集》卷三题“宋徐铉撰”，然而亦收入《全唐诗》卷七五三。

6. 唐诗苏武形象的历史文化影响

上文引录了许多唐代诗人咏唱苏武事迹的名作。此外，柳宗元《朗州窦常员外寄刘二十八诗见促行骑走笔酬赠》所谓“情知苏武归”（《柳河东集》卷四二），杜牧《杜秋娘诗并序》所谓“苏武却生返”（〔宋〕姚铉编：《唐文粹》卷一四下），李商隐《送千牛李将军赴阙五十韵》所谓“幽囚苏武节”（《李义山诗集》卷下），张南史《送余赞善使还赴薛尚书幕》所谓“雁足期苏武”（〔明〕曹学佺编：《石仓历代诗选》卷六三）等等，都说明诗人对苏武事迹的关注。岑参《送裴判官自贼中再归河阳幕府》诗中“误落胡尘里，能持汉节归”句（〔明〕曹学佺编：《石仓历代诗选》卷四〇），也借苏武故事说当代时事。

苏武事迹在汉代已经得到一定程度的普及。但是苏武成为文学形象，可以说自唐诗正式启始，又借唐诗的广泛影响向社会各层面扩张。此后，李白《苏武》所谓“苏武在匈奴，十年持汉节”，成为具有文化经典意义的名句，也使得苏武“持汉节”形象在文化史上形成定格效用。苏武于是成为中国千百年来讲究“忠”与“节”的道德教育的榜样。

苏武后来在民俗文化中有非常高的地位。据戏曲史学者研究，历代有关苏武事迹的剧目，有《苏武牧羊记》，又称《苏武持节北海牧羊记》，又有《苏武和番》，“今昆剧所演，尚见《庆寿》、《颁诏》、《小逼》、《大逼》、《看羊》、《望乡》、《遣妓》、《告雁》等出”。元杂剧有《持汉节苏武还乡》，又作《持汉节苏武还朝》《苏武还朝》《苏武持节》《英雄士苏武持节》。又传奇有《白雁记》，清杂剧有《雁书记》，也记述苏武故事。

其他艺术形式表现的苏武文化形象，也值得注意。

例如，据《历代题画诗类》卷三五《故实类》，与苏武相关的历史画的题画诗就有数十种之多。例如：《题苏武忠节图》，〔宋〕文天祥三首；《跋苏武持节图》，〔元〕王恽三首；《苏武牧羊抱雏图》，〔元〕袁桷；《题苏武牧羊图》，〔元〕郑元祐；《题苏武牧羊图》，〔元〕杨维桢；《苏武持节图》，〔元〕刘诜；《题苏子卿牧羝图》,〔明〕刘炳;《属国冬牧图》,〔明〕程敏政;《题赵子昂苏武牧羊图》,〔明〕谢复;《牧羊图》,〔明〕李麟;《苏李会合图》,〔元〕范梈;《题李陵宴苏武图》,〔明〕刘诜二首;《题李陵见苏武图》,〔明〕刘基;《苏李泣别图》,〔宋〕刘克庄;《题苏李泣别图》,〔元〕戴表元二首;《苏李图》,〔元〕戴表元;《苏李相别图》,〔元〕程巨夫;《苏李河梁图》,〔元〕袁桷;《和谢敬德学士题苏武泣别图韵》,〔元〕许有壬二首;《苏李泣别图》,〔元〕陈樵;《苏李泣别图》,〔明〕高启;《题李陵苏武泣别图》,〔明〕镏炳;《李陵泣别图》,〔明〕袁凯;《子卿泣别图》,〔明〕康海;《题苏李泣别图》,〔明〕左国玑;《子卿归汉图》,〔金〕赵秉;《苏武归朝图》,〔明〕丘浚。《历代题画诗类》卷三五《故实类》提供的信息,包括 27 幅以苏武故事为主题的画作,另有 34 首题画诗。这些资料,可以说明宋金元明数代画家和诗人对苏武的关注。

唐以后凡此以多种形式体现的推重苏武、尊崇苏武、表彰苏武、宣传苏武的现象,追溯其早期形态,都不能忽略唐代诗歌的“苏武”咏唱。

秦汉海洋文化研究

战国以来“天下”“四海”与“天下”“海内”的文化地理意识，体现出当时社会对统一的共同追求以及对海洋的空前重视。秦汉大一统政治格局形成之后，最高执政机构面临的行政任务包括对漫长的海岸的控制。神秘的海域亦为秦始皇、汉武帝等有作为的帝王所关注。出于不同目的的航海行为，体现了中原居民面向海洋的进取精神。以“杂缯”为贸易主题的后世称为丝绸之路的海上航线得以开通。在这一时期，海洋资源的开发实现了新的进步，早期海洋学也形成了初步的积累。秦汉时期的文化风格，在英雄主义、进取精神、开放胸怀、科学原则等方面体现出积极的时代特色。这些特点，在“海洋文化”方面均有表现。

海洋，在秦汉人的意识中，是神仙世界、财富资源，也是交通条件、进取路径，同时也是未知空间、神秘世界。海洋是时常发生奇异气象的仙居，同时也是往往显现凶恶情境的险地。海，是政治权力推行效能的极端边缘，也是社会生机蓬勃发育的优越场地。

海上航运的发达，海外联系的拓展，海路文化交流的繁荣，都是秦汉历史文化具有时代特色的最突出的现象。滨海文化区的早期形成，也是值得重视的历史景观。回顾中国古代海洋探索史、海洋开发史和海洋学史，有必要总结和说明秦汉时期的突出进步。

秦汉时期与海洋相关的历史文化现象，是秦汉史研究值得特别关注的重要主题。我们涉及这一学术主题的前期研究成果，包括对秦始皇汉武帝出巡海滨、“燕齐海上方士”活动、秦汉沿海区域行政、秦汉滨海文化、秦汉“并海”交通、秦汉海盐生产、秦汉东洋与南洋航运、秦汉海洋渔业、汉代“楼船军”作战等方面探讨的心得。对于秦汉时期海洋资源的开发，海上航路的通行，海路贸易的往来等，海内外学界的研究论著有一定数量，也有一定深度，但是对当时的海洋探索、海洋开发，对当时社会的海洋意识，对这一历史阶段涉及海洋的文化面貌的总体论说，尚未有学术专著问世。

《秦汉海洋文化研究》作为国家社会科学基金重点项目“秦汉时期的海洋探索与早期海洋学研究”（项目批准号：13AZS005）的最终成果，分论如下学术专题：秦汉海洋资源开发、秦汉海洋航运、秦汉沿海区域文化、“海”与秦汉人的世界知识、“海”与秦汉人的神秘信仰、秦汉早期海洋学、秦汉军事史的海上篇章、秦汉社会的海洋情结。试求对说明秦汉时期有关海洋的实业开发、行政经营与文化思考这一学术主题有所推进。以第一章“秦汉海洋资源开发”为例，列五节分说“‘海王之国’：‘轻重鱼盐之权以富齐’”，“海洋渔业”，“海盐生产”，“‘珠玑’‘瑇瑁’诸产”，“秦始皇陵‘人鱼膏’之谜”。对于以往学界较少涉及的学术问题，如“秦‘致帝’齐王与秦始皇‘东游海上’”、“《说文·鱼部》所见‘海鱼’”、“汉赋‘海滨’盐产史料”、“秦汉社会的‘珠玑’消费”、“‘大秦’的‘鲸鱼灯’”等，论说中都有若干新见发表。全书八章之外，又有附论一：“伏波将军马援的南国民间形象”；附论二：“‘海’和‘海子’：‘北中’语言现象”；附论三：“中国古代文献记录的南海‘泥油’发现”；附论四：“汉与罗马海洋交通比较”。对于秦汉海洋探索与海洋开发的历史文化总结又有延伸性的学术推进。

“秦汉时期的海洋探索与早期海洋学研究”项目的进行，重视史籍文献与考古资料的结合。科学考古的发掘收获，出土文字资料如简帛、封泥等，均为研究者采用。以传世文献和考古资料结合进行的考察，有“海洋渔业”一节有关“海上渔捕方式”的讨论，“海洋盐业”一节有关“齐国盐业与盐政的考古学考察”的讨论，“越人航海传统与闽越航运优势”一节有关“城村城址水门发现”的讨论，“东洋航运”一节有关“‘汉委奴国王’金印”的讨论，“南洋航运”一节有关“汉代南洋航运的考古学实证”的讨论，“秦始皇陵‘水银为海’的象征意义”一节有关“秦始皇陵地宫设计构想的海洋因子”的讨论，“‘东海黄公’的表演”一节有关“《肥致碑》所见‘海上黄渊’”的讨论，“汉景帝阳陵外藏坑出土海产品遗存”一节有关“阳陵发现：‘海相的螺和蛤’”的讨论，“秦汉宫苑的‘海池’与‘渐台’”一节有关“‘兰池’象海的可能性与秦封泥所见‘晦池’‘每池’”的讨论，“汉代的‘海贼’”一节有关“居延‘临淮海贼’简文”及“关于《堂邑元寿二年要具簿》‘库兵’数量”的讨论，“西北的‘鲍鱼’”一节有关“居延出土‘鲍鱼’简文”的讨论等。

《秦汉海洋文化研究》中对于“海人”“齐客”“海贼”“习船者”“善网捕”“倭人”等社会身份的分析，对于“海溢”“海风波”“鲸鱼死”等自然现象的分析，对于“入海市明珠”“蛮夷贾船”“海租”“海税”“珠官”等经济表象的分析，对于“立石东海上”“以为秦东门”“削之会稽”“夺之东海”“事两越”“缘海”“屯备”等政治行为的分析，也都扩展了秦汉海洋文化考察的学术视野，充实了秦汉海洋文化研究的学术认识。

《秦汉海洋文化研究》的前期成果和阶段性成果，分别从政治史、经济史、文化史、军事史、交通史、社会生活史等不同视角对秦汉时期与海洋相关的诸多文化现象进行考察、分析与说明，取得了得到学界认可的学术进步。这一项目的前期工作成绩与立项后的阶段性工作成绩，包括学术专著《东方海王：秦汉时期齐人的海洋开发》（中国社会科学出版社 2015 年 9 月版）及学术论文《秦汉帝国执政集团的海洋意识与沿海区域控制》（《白沙历史地理学报》第 3 期）、《汉代的“海贼”》（合作，第一作者，《中国史研究》2010 年 1 期）、《居延简文“临淮海贼”考》（《考古》2011 年 1 期）、《秦汉时期的海洋开发与早期海洋学》（《社会科学战线》2013 年 7 期）、《汉武帝时代的海洋探索与海洋开发》（《中国高校社会科学》2013 年 4 期）、《秦汉人世界意识中的“北海”与“西海”》（《史学月刊》2015 年 3 期）、《论秦始皇南海置郡》（《陕西师范大学学报》2017 年 1 期）等计 48 篇。这些学术论文有 4 篇为《新华文摘》《高等学校文科学术文摘》《复印报刊资料》全文转载，3 篇为《历史学文摘》《历史与社会（文摘）》《文摘报》摘用，在某种意义上可以说通过了学术界的初步检验。

“秦汉时期的海洋探索与早期海洋学研究”课题申报论证

时的设计，原本拟从以下几个方向展开工作：1. 政治意识透露的海洋观；2. 行政理念：沿海区域控制与海洋资源开发；3. 秦皇汉武“海上”之行；4. “楼船”“横海”事业；5. 东洋与南洋航运；6. 早期海洋学成就：海人之占与海洋生物学知识。当时论证曾经说明，本课题研究的创新追求，主要表现于以下方面：1. 扩展学术视野。除主要依靠中国本土资料外，亦关注朝鲜半岛、日本列岛和东南亚地区的相关学术信息；2. 更新研究方法。研究工作将以文献记载与考古收获相结合的“二重证据法”为主要方法，同时注意借助文化人类学的理论和资料；3. 试探使用多学科学术方式的综合考察。除传统历史学方式而外，也试用与史学手段彼此策应彼此证明的考古学、地理学、海洋水文学、海洋生物学，乃至心理学、军事学和管理学等学科的学术方式。现在看来，当时承诺在研究方法方面的创新，已经基本实现。而研究内容较最初的课题设计有所扩展，学术收获也较最初的学术预想有所深化。“秦汉时期的海洋探索与早期海洋学研究”课题结项鉴定等级为优秀。最终成果《秦汉海洋文化研究》2020 年入选“国家哲学社会科学成果文库”。

我们说“秦汉海洋文化”，其实是说面向海洋的秦汉文化。工作进行到现今的程度，更深切、更具体地意识到这一学术主题的内涵其实非常丰富。分析并说明相关文化现象，指出其发生的背景条件、社会表现、历史影响，还有相当广阔的探索空间。对于以往流行的希腊罗马为代表的西方文明是海洋文明，中国文明是陆地文明或内陆文明的认识，可能有必要区分时段予以深入理解。对于“海洋文明”“海洋文化”与“内陆文明”“内陆文化”的分析，也需要进行认真的考察研究。《秦汉海洋文化研究》书稿应当说只是进行了初步的工作。继续考察秦汉文化与海洋相关的内容并予以更深学术层次的总结和说明，对于认识中国古代海洋探索和海洋开发之历程的总体倾向的判断，是有积极意义的。对于现今涉及海洋的诸多问题的解决，也可以提供有启示意义的历史借鉴。

近年来，关于海疆问题、海权问题以及海洋资源开发问题受到普遍关注。《秦汉海洋文化研究》初步考察并大略总结了秦汉时期海洋探索的努力以及早期海洋学成就，实现了学术推进。作为第一部研究秦汉时期与海洋相关的历史文化问题的学术专著，应当有填补学术空白的意义。对于中国古代海洋史研究的学术进步，秦汉这一重要历史阶段的考察意义重要。《秦汉海洋文化研究》提供的研究收获，应当有值得肯定的作用。

后 记

本书以秦汉历史文化为主题，收入作者近年撰写的学术随笔、学术评论和其他学术短文26篇。以《登高明望四海》作为“代引言”，正文编入25篇。

谨此深心感谢谭徐锋先生的推荐和鼓励。

我曾经著文《史学论著的“燕瘦环肥”——说“读史札记的价值和意义》，大致发表了如下意见：

> 历史是任人打扮的女孩子，这样的说法曾经被认定为胡适的话，反复受到批判。已经有人指出，胡适其实并没有说过这样的话。根据文化学者谢泳的分析，这句话是由胡适的长篇演讲稿《实验主义》中的一种说法变化过来的，然而与胡适的原意恰好相反。胡适的这篇演讲稿最初发表在《新青年》上。这段话是介绍詹姆士的实在论哲学思想时说的。原话是：“实在是我们自己改造过的实在。这个实在里面含有无数人造的分子。实在是一个很服从的女孩子，她百依百顺地由我们替她涂抹起来，装扮起来。好比一块大理石到了我们手里，由我们雕成什么像。”（《胡适作品集》第四集，台湾远流出版公司，1986年10月）论者分析说，这句话是如何流传开来的，一时不好查考，但可能与冯友兰当时的一篇文章有关。冯友兰在批判胡适运

动中写了《哲学史与政治——论胡适哲学史工作和他底反动的政治路线底关系》。其中有一段说："实用主义者的胡适，本来认为历史是可以随便摆弄的。历史像个'千依百顺的女孩子'，是可以随便装扮涂抹的。"（《胡适思想批判》第六集81页，三联书店，1955年8月）

其实，如果从史学的文化魅力来看，少女的比喻或许是适宜的。我们如果借用这样的说法来讨论史学论著的体裁和形式，自然也会注意到"短长肥瘦各有态，玉环飞燕谁敢憎"（苏轼《孙莘老求墨妙亭诗》）的情形。

时下最被看重的史学成果的载体，是论文。现今一些学术机构的价值评定系统，对于论文的品评，又有若干附加的条件，例如刊物的等级、下载的次数、摘引的频度等等。而刊物对论文是否发表，有时要看作者的身份。甚至对于篇幅，由于要追求某种摘引率，也有严格的要求，比如必须在多少字以上。

实际上，论文这种形式的通行，其实对于具有悠久传统的中国史学而言，是相当晚近的事。

中国传统史学的成果，丰富了我们民族文化的宝库，也充实了人类知识的宝库。就其学术积累而言，以正式以经、史、子、集四部进行图书分类的《隋书》卷三二至卷三五《经籍志》为例，其中所著录的史部书籍多达13264卷，竟占到经史子集四部合计总数31694卷的41.85％。而王阳明"《五经》亦史"（《传习录》卷一），章学诚"《六经》皆'史'"（《文史通义·内篇一·易教上》）等说法，又指出在史部以外的著述中，其实也多有史学成就。

然而，中国传统史学这些所谓“汗牛充栋”“浩如烟海”的论著，长期以来，并非是以今天人们眼界中的“论文”的形式发表流传的。

今天，“论文”似乎已经成为工业化社会学术生产的标准化形式。一二三四，起承转合，脚注尾注，提要关键词，基金项目……程式和规范的严格，助成了新的“八股”的出现。为了适应根据常规预设的框架，于是又有言辞空泛、声势虚张，甚至随意“注水”的现象发生。

我们看到，即使20世纪论文形式开始兴起之后，一些史学大师的研究成果，其实也并不是以这种整齐划一的形制生产的。有的学者认为有必要为高校历史学科的学生选编史学论文的范本，如果严格按照现今的论文格式规范要求，估计王国维、陈寅恪等学者的许多杰作也难以编列其中。

清乾隆《御选唐宋诗醇·凡例》写道：“李杜名盛而传久，是以评赏家特多。韩白同出唐时，而名不逮。韩之见重，尤后于白。则品论之词，故应递减。苏陆在宋，年代既殊，名望亦复不敌。晚出者评语更寥寥矣。多者择而取之，少者不容傅会。折衷一定，声价自齐。燕瘦环肥，初不以妆饰之浓澹为妍媸也。”关于诗人“名望”所以差异，论说未必中肯，然而最后一句，却指明了内容和形式之关系的真理。学术的“品论”和“评赏”，应当首先重视内容，形式方面“妆饰之浓澹”，不是判定“妍媸”的主要标准。清人陈维崧的话，借用来作为史学形式的“评语”，应当以为同样说得精当："燕瘦环肥，要缘风土；越禽代马，互有便安。"（《毛大可新纳姬人序》，《陈检讨四六》卷一二）此所谓"风土"，本义是空间概念，或许也可以移用以为时间概念，则古人"王杨卢骆当时体"（杜甫《戏为六绝句》）诗意，似乎也隐含其中。

"札记"，就是传统史学的"当时体"。许多中国史学名著都是以"札记"的形式面世的。王应麟的《困学纪闻》、顾炎武的《日知录》、赵翼的《廿二史札记》和《陔余丛考》等，虽著者或谦称"睹记浅狭，不足满有识者之一笑"（赵翼《陔余丛考小引》），而内心实有"平生之志与业皆在其中"（顾炎武《与友人论门人书》）和"自信其书之必传"（顾炎武《与杨雪臣书》）的自负。这些论著确实对后来学人产生了长久的学术影响，在史学学术史上的地位都是勿庸置疑的，然而这些论著均以札记形式存世。近世史学学者仍多有沿用札记形式发表学术创见者。如顾颉刚《浪口村随笔》（上海合众图书馆 1949 年油印），后经增订，辑为《史林杂识初编》（中华书局 1963 年版）。10 卷本《顾颉刚读书笔记》（台湾联经出版公司 1990 年版）经顾颉刚先生亲订、并由后人整理，学术价值尤为珍贵。此外，陈登原《国史旧闻》（三联书店 1958 年版）、钱锺书《管锥编》（中华书局 1979 年版）、《吕思勉读史札记》（上海古籍出版社 1982 年版）、周一良《魏晋南北朝史札记》（中华书局 1985 年版）、贾敬颜《民族历史文化萃要》（吉林教育出版社 1990 年版），以及吴承仕《检斋读书提要》（北京师范大学出版社 1986 年版）、罗继祖《枫窗三录》（大连出版社2000年版）等，也都是治史者不能忽视的名著。有的学者将论文、札记、报告以及演讲稿的合集题为“札记”，如李学勤《夏商周年代学札记》（辽宁大学出版社1999年版），也说明对“札记”这种学术形式的看重。

遗憾的是，在通行学术价值评价系统只承认专著和论文的今天，“札记”这种精要、明快、活泼、朴实的学术形式，由于主题相对具体，篇幅相对短小，在相当多的情况下，似乎已经失却了能够参与正规学术品级竞争的基本资质，被排除在基本评价体系之外。人们似乎忘记了“短长肥瘦各有态”的古语，愿意将史学论著封锢在单一化的框架中。

好在有若干学术品味较高的史学刊物，对于这种学术形式仍然予以足够的重视，如《历史研究》《中国史研究》《文史》《史学月刊》以及《中华文史论丛》等，给读者和作者保留了一种特殊的学术空间。

《历史研究》“读史札记”栏目的学术优越性，因为编者的重视，得到了较好的体现。以2000年以来的情形而言，自2000年1期至2004年2期，出刊26期，发表文章合计416篇，其中“读史札记”42篇，篇数占总数的10.1%。实际上，“读者来信”、“讨论与评议”，以及“书评”和“学术述评”栏目中的有些内容，也可以归入“札记”的范畴。郭松义、高世瑜、商传、赵世瑜、定宜庄、李伯重、李小江的“笔谈”《历史、史学与性别》（2002年6期），其形式也与“札记”多有相类似处。可知《历史研究》发表的成果中，“读史札记”一类占有相当重的分量。

《历史研究》“读史札记”栏目下，多有学术珍品面世。阎步克《北齐官品的年代问题》（2001 年 3 期），杨天石《四一二政变前夕的吴稚晖》，薄洁萍《乱伦禁忌：中世纪基督教会对世俗婚姻的限制》（2003 年 6 期）等，都是质量相当高的成果。特别值得注意的，是作为“读史札记”发表的作品中，多有利用考古资料研究的收获。如赵世超《浴日和御日》，刘宗汉《〈叔夨方鼎〉“王乎殷厥士赍叔夨”解》（2003 年 3 期），孙继民《黑水城宋代文书所见荫补拟官程序》（2004 年 2 期）等。新出考古资料尤其受到重视，如陈伟《秦苍梧、洞庭二郡刍论》（2003 年 5 期），田旭东《张家山汉简〈盖庐〉中的兵阴阳家》（2002 年 6 期），蔡万进《尹湾汉简〈元延二年日记〉所载汉代气象资料》（2002 年 4 期），葛承雍《唐代长安一个粟特家庭的景教信仰》（2001 年 3 期）等，或以观点新异，或以见解深刻，都有较好的学术反响。2001 年 4 期刊发的“读史札记”栏下“走马楼吴简研究”一组 7 篇短文，即王素《吴简所见“调”应是“户调”》，罗新《吴简中的“督军粮都尉”简》，孟彦弘《释“还民”》，韩树峰《吴简中的口算钱》，侯旭东《三国吴简两文书初探》，汪小烜《吴简所见“肿足”解》，刘聪《吴简所见“关邸阁”试解》，尤其使读者感觉到老刊物的新生面。这组文章切近学术前沿，就选题和内容而言，学术含量也较高。虽然讨论的都是很具体的问题，却都能以文献记载和考古资料相结合，发掘新史料，提出新见解。关心这一时期历史文化的学者，关心简牍研究的学者，都可以从中获得启示。这组文章的作者中，汪小烜、刘聪都是在校硕士研究生，然而对于这一专题的研究都是肯于用功的先行者。其成果能够在《历史研究》刊出，也体现出《历史研究》鼓励和推奖史学新人的好意。

事实上，“札记”的形式在新的学术环境下的生命力是显而易见的。互联网上史学网站许多讨论具体学术问题的帖子，就具有传统学术形式“札记”的品性。

建议《历史研究》“读史札记”栏多发表讲究实证，文字简练，有新见的学术短文，以继承古来学者以学术札记、学术笔记、学术随笔形式阐发新义，阐发深义的传统。这样也有益于扩展《历史研究》的学术容量。如果能够在适当时候如2001年4期那样发表成组的以新出简牍为研究对象的“读史札记”，当然也是历史学、考古学、文献学研究者所共同希望的。

载录以上意见的这篇短文发表于《历史研究》2004年4期，算来已经17年了。

当时提出的意见建议，基本看法，内心依然坚持。今天迻录于此，是希望年轻的学友了解这样的认识。这些想法，可能一些学者不同意。尤其是近年对“碎片化”的批评，可能有时是针对“读史札记”这类短文以及相关观点的。不过，“碎”“小”未必没有学术价值。庾信《对烛赋》言“蛾飘则碎花乱下，风起则流星细落”，告知我们“细”“碎”的精彩，本来就存在于自然之中。所谓“碎花乱下”，是可以令我们联想到“乱花渐欲迷人眼，浅草才能没马蹄”诗句的（〔唐〕白居易《钱塘湖春行》，《白氏长庆集》卷二〇）。

这里再摘录几句表扬“碎花”的诗句，以充实前引拙文：

“梅落碎花催塞色”（〔宋〕周弼：《仲宣楼》，《江湖后集》卷一）；

“野草争开细碎花”（〔宋〕陈造：《山行寄程帅》，《江湖长翁集》卷一四）；

“味色已具碎花中”（〔宋〕邓肃：《荔子》，《栟榈集》卷一〇）。

“碎花”的美学价值，在诗人笔下得以随春风发散其“味色”。当然，这里说这些话，只是愿意再次肯定札记随笔一类短文的文化价值，而绝无自诩之意。本书收录的拙文，不能算是“碎花”“乱花”，顶多只能看作“浅草”“野草”而已。自知谫陋之意，是真心的。

王子今

北京大有北里

辛丑年立夏日